Feuer der Leidenschaft

10 erotische Erlebnisse

VALLEETSY

DON'T WAIT!
SCAN THE CODE AND
START YOR JOURNEY

SCAN ME

GET MORE INFORMATION
VALLEETSY-BOUTIQUE.COMPANY.SITE

Dieses Buch ist nur für diejenigen, die den Mut haben, die Grenzen der Erotik zu erkunden und ihre verborgenen Wünsche zu entdecken.

Das Wichtigste zuerst

Tauchen Sie ein in eine sinnliche Welt verführerischer Leidenschaft, die in diesem bezaubernden Meisterwerk zum Leben erweckt wird.
Dieses Buch wird Sie mit seiner fesselnden Geschichte fesseln, die glühende Lust, brennendes Verlangen und hingebungsvolle Hingabe auf magische Weise miteinander verbindet.
Die Worte in diesem Werk wurden sorgfältig ausgewählt, um Ihre Sinne zu wecken und Ihre Fantasie anzuregen.
Mit provokanten Beschreibungen entführt es Sie in die Tiefen menschlicher Lust und lässt Sie die prickelnde Erotik auf jeder Seite spüren.
Nur für diejenigen, die den Mut haben, die Grenzen der Erotik auszuloten und ihre verborgenen Wünsche zu entdecken, ist dieses Buch gemacht.
Es ist ein Werk, das Ihre intimsten Träume anspricht und Ihre tiefsten Wünsche entfacht, während Sie in den gefährlich quälenden Mahlstrom der Leidenschaft eintauchen...

Inhaltsverzeichnis

FEUER DER LEIDENSCHAFT 1

10 EROTISCHE ERLEBNISSE 1

MEISTERFLUG 13

FANTASTISCHE FAHRT NACH HAUSE 41

EINE WEITERE LEKTION 55

DIE SUCHE NACH GRENZEN 61

SUBLERAS ALBTRAUM 70

DER ALTE MANN 80

DER KEGEL-ABEND 93

MEIN ERSTER ARSCHFICK 98

FANTASTISCHER HOTELAUFENTHALT.............105

HOTELBOY...130

Über die Autorin...................................142

MEISTERFLUG

Die Bestellung ihres Herrn kam per E-Mail. „Binde deine Titten ab, nimm die Schlauchklemmen, aber vorsichtig, klemm deine Fotze mit den breiten Metallklammern fest und schiebe zuerst einen Schwanz hinein." Du weißt, welche ich mag. Business-Kleid. Redeverbot! Bringen Sie Handschellen und die kleine Stahlstange mit. In vier Stunden bist du auf meiner Matte. Und stecken Sie diese E-Mail in Ihre Tasche!'

500 km in vier Stunden. Ina musste fliegen. Sie war auf diese Last-Minute-Termine vorbereitet. In ihrem Spielzimmer war alles bereit. Sie schraubte die Schlauchschellen so fest, dass sie es gerade noch aushielt und auch ihren Herrn befriedigte.

Der Spezialschraubendreher dafür verschwand in ihrer Handtasche.
Sie entschied sich für den gerippten Stahldildo, extra dick, und steckte die bestellte Klemme in

ihre Fotzenlappen. Sie konnte bereits ein leichtes Brennen in ihren Eutern spüren. „Na ja, das wird lustig."

Weiße Bluse, knielanger Rock, Jacke, Heels und Tanga, so mochte ihr Herr und Meister sie. Auf die Rückseite der gedruckten E-Mail schrieb sie schnell: Bitte zum Flughafen! und Ein Ticket nach Hamburg, bitte, einfache Fahrt. Sie durfte nicht sprechen!

Ina hat die stabilen Handschellen aus Edelstahl und diesen kleinen bissigen Stab mit den sehr dünnen Drähten nicht vergessen.

Sie rannte zum nächsten Taxistand, zeigte dem Fahrer ihren Zettel und sprang ziemlich unvorsichtig auf den Rücksitz. Sie hatte die Klammern an ihrer Fotze völlig vergessen und musste es bitter bereuen. Während der 20-minütigen Fahrt beruhigte sie sich etwas. Sie konzentrierte sich auf ihre schmerzende Fotze, als ihr fast schwarz vor Augen wurde. Der Sicherheitscheck.

„Dieses Schwein, Erpresser, ich werde dir den Schwanz abbeißen und dir die Eier kauen." Aber es nützt ihr nichts. Wenn sie jetzt nicht fliegt, wäre die Rache schrecklich. Sie kannte ihren Herrn, seine Ungeduld, sein hitziges

Temperament. Sicherheitsüberprüfung des ganzen Metalls. Sie musste es durchmachen, ob sie wollte oder nicht.

Sie kaufte nervös das Ticket und musste sich beeilen. Der Flug würde bald aufgerufen werden. Sie konnte ihren Flug auf keinen Fall verpassen. Sie eilte zur Sicherheit. Heute Morgen war nicht viel los. Sie war völlig unsicher.
Was würde jetzt passieren? Es war unwahrscheinlich, dass sie durchgewunken würde.
Zunächst sah alles nach Routine aus. Tasche am Band, die Jacke dazu. Dann durch die Sicherheitsschleuse und natürlich ging es sofort los. Die LEDs am Körperscanner verrieten der Sicherheitsfrau, wo sich wahrscheinlich metallische Gegenstände befanden.
"Darf ich?" Sie begann, Ina ohne zu zögern zu spüren. Zuerst die Schultern, die Oberarme, Unterarme. Anschließend wurde sie gebeten, ihre Arme zur Seite auszustrecken.

Rücken, Flanken, Hüften, Beine. Sie holte sich den ringförmigen Handscanner und begann, die intimeren Teile zu scannen, was natürlich einen lauten Eindruck auf ihre Titten machte.

„Was ist das, was hast du da?“
Ina schwieg, biss die Zähne seitlich in ihre
Unterlippe und schaute verlegen nach unten.
"Was hast du da?" wiederholte der
Sicherheitsbeamte. Diesmal etwas ungeduldiger
und lauter.
Ina schwieg.
„Darf ich Sie bitten, mitzukommen! Du kannst
die Tasche und deine Jacke mitnehmen.“
Ina nahm ihre Utensilien vom Förderband und
ging vor dem Beamten her.
„Die Frage noch einmal, was hast du da
versteckt?“
Ina schwieg. „Zieh die Bluse aus!“ Dieser Ton
schien wie ein Befehl und Ina hatte gelernt,
sofort auf Befehle zu reagieren. Schnell, aber
ohne Eile knöpfte sie ihre Bluse auf und
präsentierte ihre abgetrennten Euter dem
erstaunten Gesicht der Frau.
Sie pfiff leise durch ihre Zähne.
„Gerd, komm her!“ Das darf sie eigentlich nicht;
Männern ist es nicht gestattet, Frauen einer
Leibesvisitation zu unterziehen. „Haben Sie so
etwas gesehen?“
Der herbeigerufene Sicherheitsbeamte betrat den
kargen Raum. Er starrte wie gebannt auf ihre

Titten. Natürlich hatte er so etwas schon einmal im Internet gesehen.

„Nein, nichts dergleichen", log er, „tut das nicht weh?" Er sah Ina ins Gesicht. Das bereitete Ina Unbehagen, aber was konnte sie dagegen tun? Sie führte lediglich die Befehle ihres Herrn aus. Sie schüttelte den Kopf. Sie hat auch gelogen. Seine Hand näherte sich den unterschiedlich großen Titten und ergriff die größere.
„Gerd, das darfst du nicht, das verstößt gegen die Regeln!"
„Lass mich mit deinen Regeln in Ruhe. Du hättest mich auch nicht anrufen sollen. Es bestand keine Gefahr für dich. „Rufen Sie Harry herein und schließen Sie die Tür von außen", wurde der Kollege geschickt.
Völlig perplex verließ sie den Raum, den im nächsten Moment ein anderer Mann in Uniform betrat. „Was für eine Taube haben wir hier?" er begrüßte Ina. „Hier, hast du das schon einmal gesehen?" „Verengte Titten, das glaube ich nicht! " Er griff nun in das Euterfleisch, das kleinere, und drückte genauso fest. Ina rührte sich nicht, sie war Schlimmeres gewohnt.
„Als erster Blick in die Tasche, sah ich etwas auf dem Bildschirm." Er nahm die Tasche und drehte

sie um. Der gesamte Inhalt purzelte auf den Tisch. Handschellen, Kreditkarte, Kleingeld, Ticket, Schraubenzieher, Schlüssel, Bordkarte, Peitsche und die E-Mail ihres Herrn.
„Das ist interessant, lesen Sie die E-Mail." Inas Gesicht wurde rot.

"Laut vorlesen!"
„Binde deine Titten ab, nimm die Schlauchklemmen, aber vorsichtig, klemm deine Fotze mit den breiten Metallklammern fest und schiebe dir zuerst einen Schwanz rein. Du weißt, welche ich mag. Business-Kleid. Redeverbot! Bringen Sie Handschellen und die kleine Stahlstange mit. In vier Stunden bist du auf meiner Matte. Und stecken Sie diese E-Mail in Ihre Tasche! Hey, das ist eine Sklavin und was für eine Sklavin sie ist."
„Zieh dich jetzt aus!" Harry kniff die Augen zusammen und drückte den Befehl zwischen seine Lippen. „Wird es bald passieren oder brauchst du Nachhilfe?" Harry griff nach der Stahlstange. Das hat funktioniert. Im Nu waren alle Klamotten auf dem Boden und Ina verschränkte die Arme hinter dem Kopf und spreizte die Beine weit, so wie sie es immer tut,

wenn sie vor ihrem Herrchen steht, noch in der offenen Haustür.

„Wir sollten uns an die Regeln halten!" Harry zwinkerte Gerd zu.

„Und sie sagen…?"

„Alles muss untersucht werden!" Harry lachte.

„Gerd hol die langen, dünnen Nadeln aus dem Schrank, die wir kürzlich von einem Chirurgen genommen haben."

Harry stach zuerst in ihr großes Euter. Zunächst ganz langsam und nur oberflächlich, als erwartete er, dass gleich eine flüssige Substanz herausspritzen würde. Immer wieder zog er die Nadel ganz heraus, um sie beim nächsten Mal noch tiefer hineindrücken zu können. Harrys Hand wurde wie ein Hammer. Ina hielt die Augen geschlossen und stöhnte die ganze Zeit laut. An mehreren Stellen bildeten sich kleine Blutstropfen auf der Euterhaut. Wäre die Nadel ein Messer gewesen, wären Inas Titten komplett zerfetzt worden.

„Ich glaube nicht, dass da etwas drin ist. Aber hebe das Fleisch an den Brustwarzen hoch, vielleicht ist da etwas auf der Unterseite." Das ließ sich Gerd nicht zweimal sagen und Harry setzte seine Arbeit von unten fort. Bei jedem Stich kam die Nadel oben heraus.

„Sie hat so große Warzen, dass man, wenn man in ihre Titten sticht, normalerweise immer die Warze trifft. „So ein Warzenschwein sieht man selten", freute sich Gerd, der nun hoffte, es in die Hände zu bekommen. Gemäß der Hierarchie stand ihm das kleine Euter zu.

„Gerd sollte neulich die Stricknadeln von der lieben Oma bekommen, die so sehr geweint hat, als sie ihre Nadeln zurücklassen musste."
Gerd stand mit zwei Stricknadeln vor Ina. Es waren dicke Nadeln. Damit konnte man einen Winterpullover stricken und damit die langen Nadeln nicht herumtanzen und niemanden verletzen, waren sie am Ende flexibel. Ganz am Ende war ein kleiner Klumpen. Dadurch wurde verhindert, dass die Maschen herunterfielen.

„Das kleine Euter gehört dir, also lass uns gehen! Fang jetzt an, sonst verpasst die Schlampe ihren Flug!" Das über den verpassten Flug hörte Ina nicht gern. Sie stand immer noch in ihrer Sklavenposition da. Beide hatten nur ihre Titten im Sinn. Wie gerne hätte sie Erleichterung in ihrer Fotze gespürt, die sie fast nicht mehr spürte.

Gerds Augen funkelten. Endlich durfte er. Der Sadist in ihm blühte buchstäblich auf. Er nahm beide Nadeln in die Hand und rieb mit den flexiblen Teilen Inas Titten. Es waren deutliche Spuren zu erkennen.

„Darf ich dich etwas unterstützen, Gerd?" Ohne eine Antwort abzuwarten, nahm er die Stahlstange in die Hand und schlug mit voller Wucht auf ihren nackten Hintern ein.

Inas Arsch war empfindlicher als ihre Euter und sie schrie. Damit hatte sie nicht gerechnet. Vier- oder fünfmal landete die Peitsche auf dem beabsichtigten Ziel namens Arsch. Im Nu war es blutunterlaufen.

„Danke, aber jetzt volle Konzentration. Das gilt auch für dich, du Schwein! Stehen Sie einfach da." Gerd nahm die Brustwarze ihrer kleinen Meise fest in seine Finger, hob sie an und stach die Nadel von unten durch das Euterfleisch, sodass sie oben wieder herauskam.

Ina hatte Schmerzen, enorme Schmerzen, obwohl sie ihre Titten immer wieder trainieren lässt und sich auch selbst trainiert. Der Einstichschmerz war noch erträglich, auch wenn die Haut Widerstand leistete. Doch das langsame Fortschreiten im Fleisch und vor allem der Widerstand beim Ausstieg machten ihr mehr zu schaffen, als ihr lieb war. Aber sie ertrug es für ihren Meister, wenn auch lautstark.

Gerd hatte noch die andere Stricknadel. Er trieb ihn ebenso langsam und scheinbar vorsichtig, diesmal jedoch von oben in das Fettgewebe, bis er unten wieder herauskam. Diesmal zog er die Nadel weiter durch bis zum Ende der flexiblen Verlängerung.

„Das hätte ich auch gerne mit dem großen Euter gemacht! Das sieht so cool aus."

„Du schaffst es immer noch! Warten! Halte ihre Zitze!"

Gerd zog die Nadel, die er gerade eingetrieben hatte, ein kleines Stück zurück zur eigentlichen Nadel. "Einatmen!" er befahl Ina. Er nahm die Stricknadel in beide Hände und sah Ina ins Gesicht. Ina wurde blass, sie wusste, was kommen würde. Gerd suchte nach einem sicheren Stand. „Halt dich fest, Harry!" Sein Blick ließ Ina nicht los. Er hob beide Hände ein wenig und mit einem kräftigen Zug wurde der Noppen am Ende des Stickgeräts so schnell durch das Euterfett gezogen, dass es eine ganze Weile dauerte, bis es blutete.

Ina öffnete ihre Augen. Das Weiße ihrer Augen trat deutlich hervor und sah fast wie das von Louis Armstrong aus, als er sein Trompetensolo spielte. Gleichzeitig öffnete sie ihren Mund, so dass man befürchten musste, dass ihre

Mundwinkel einreißen würden. Sie wollte schreien, heftig schreien, der Schmerz war so schlimm. Aber sie konnte es nicht. Der Schrei blieb ihr im Hals stecken. Für ein paar Sekunden war es still, totenstill. Doch dann brach es mit Wucht aus ihr heraus. Der Schrei war so laut, dass Harry ihren Mund bedecken musste. Ina schrie und schrie. Sie atmete zwischendurch kaum. Immer wieder stockte ihr der Atem. Sie presste die Luft heraus, obwohl ihr Mund weit geöffnet war. Die Schreie wurden langanhaltender. Sie hatte ihre Atemfrequenz wiedergefunden. Nun kamen kehlige Laute aus ihrem Mund. Es hörte sich an, als würde man gleichzeitig schreien und stöhnen. Reflexartig schloss sie den Mund, um ihren Speichel zu schlucken, und verlor erneut ihren Atemrhythmus.

Gerd, dieser Sadist grinste diebisch. Er hat es nun der Hündin gegeben. Sie hat schon lange genug.

„Harry, ich denke, ihre Euter sind sauber. Wir sollten sie an Bord lassen. „

„Soooo!?“

"Natürlich nicht!" Gerd hatte nun die Oberhand gewonnen und Harry nahm dies neidlos zur Kenntnis. Harry holte eine Flasche Jod, um die blutende Wunde zu desinfizieren, und zog auch sehr höflich die andere Stricknadel heraus. Sie ließen die dicke Meise in Ruhe. Diese Sklavenschlampe hatte wirklich genug. Sie konnte kaum auf den Beinen stehen. Das Jod war ein Balsam für ihre Wunde, die fürchterlich brannte, aber es war nichts im Vergleich zu den Schmerzen von vorher.

"Sich anziehen!" Ina nahm zuerst ihren Tanga und wollte gerade hineinschlüpfen. „Ich dachte, Sklaven dürften keine Unterwäsche tragen? Steck es dir in den Arsch!", was Ina sofort gehorsam tat. „Du kannst den ‚BH' anlassen, aber nicht so schlampig, du Schwein." Gerd nahm den Schraubenzieher und zog ihn noch ein wenig fester an. Jetzt war er zufrieden.

„Und das ‚Höschen' sitzt auch nicht richtig." Er verstellte die Klemme an ihrer Fotze, bis sie seiner Meinung nach gut passte.

Ina zog sich vollständig an, packte ihre Tasche und wollte das Zimmer verlassen.

„Nicht so, meine Liebe! Wir haben Ihre Schuhe noch nicht untersucht. Aber dann ist Ihr Flugzeug abgeflogen." Ina zog ihre Schuhe aus und musste dann barfuß gehen. „Und wer hat dir die Erlaubnis gegeben, die Bluse anzuziehen? Nicht wir!" Das waren wieder diese typischen

Sklavenspiele, die sie einerseits liebte, aber auch total hasste. ‚Das ist ungerecht!' Doch sie schwieg und hinterließ ihre Bluse als Andenken für die Sicherheitsleute.

„Hände hinter deinem Rücken!" Sie hörte das Klappern der Handschellen und einer der beiden steckte ihr den Griff der Handtasche in den Mund.

„Es ist heute ziemlich warm. Komm, ich öffne deine Jacke für dich! Harry, sagen Sie der Fluggesellschaft, jemand anderes kommt für Flug 326."

Als sie zum Flugzeug gebracht wurde, hörte Ina Harry ins Handy sprechen: „Sie sitzt in der ersten Reihe, Kollegin."

Es geht weiter, mit ordentlich Pein, Sarkasmus und Galgenhumor.

Viel Spaß und natürlich „Wiederholen Sie es nicht!" oder tust du?

Kollege? Ina war sich sicher, dass ihre Kollegin ihr Herr war. Privat wusste sie wenig über ihn, nur dass er in der Luftfahrt tätig war. Es würde ein sehr holpriger Flug werden, da war sie sich sicher.

Ina bestieg als Letzte das Flugzeug und wurde bereits von der Stewardess begrüßt.

„Du bist also unser VIP" und sah sie abfällig von oben bis unten und wieder zurück an. Ina senkte, wie sie gelernt hatte, den Blick und nickte nur, verlegen und kaum sichtbar.

„Sofort nach links, mittlerer Sitzplatz und anschnallen, wir fangen gleich an", kam es gebieterisch von ihren schmalen Lippen. Ina dachte nur an die anderen Passagiere, die sie anstarren wollten, doch zu ihrer Überraschung war die Business Class leer. Keine Seele. Ferienzeit!! Die Economy-Passagiere saßen hinter dem Trennvorhang. Ina atmete erleichtert auf. Doch im selben Moment zuckte sie erneut zusammen. Sie dachte an den herrischen Blick der Stewardess und an Ihr vertrautes Ich. "Schnall dich an!"

Was wäre, wenn ihre Hände in Handschellen wären und sie der Flugbegleiterin heimlich ihre blinkenden Handschellen zeigen würde?

„Meine Damen und Herren, Ihr Kapitän. Wir haben vom Turm noch keine Erlaubnis erhalten, die Motoren zu starten. Wir erwarten es in etwa 15 Minuten. Machen Sie es sich in der Zwischenzeit an Bord bequem. Bis zum Verlassen unserer Parkposition können Sie Ihre Mobiltelefone wieder nutzen."

"Meine Damen und Herren …"

„Also meine kleine Taube, dann schnallen wir dich an. Wir haben ein paar Minuten und du kannst sicher sein, dass du sicher fliegen wirst, wie in Abrahams Schoß. Dafür werden wir jetzt sorgen."

„Peter! Komm doch bitte mit mir nach vorne", rief sie ihrer Kollegin am Bordtelefon zu.

„Kannst du mir helfen, sie richtig zu fesseln, ähm, ich meine, natürlich, schnall sie an", begrüßte sie ihre Kollegin grinsend.

„Aber ja, liebster Kollege", grinste Peter zurück, „was hast du vor?"

Ina glaubte, dass es auf der Welt nur noch Sadisten gab. Die beiden hatten freie Hand und sie war sich sicher, dass sie sich während des Fluges keinen Zentimeter bewegen würde.

„Was hältst du davon, wenn wir dich jetzt ausziehen und du deinen ersten Nacktflug erlebst? Steh auf, zieh deinen Rock runter!

" Jutta, die Flugbegleiterin zögerte nicht lange und der blaue Rock lag bereits auf dem Kabinenboden. Peter schob den Blazer von ihren Schultern, bis er an ihren Handschellen hängen blieb.

Beide Flugbegleiterinnen pfiffen anerkennend durch die Zähne, als sie Inas bereits gerötete, große Titten mit den Einstichstellen sahen und entdeckten sogar die kleinen, unauffälligen Ringe in ihren Brustwarzen. „Ich denke, sie kann mit etwas klarkommen. Beuge dich, du bückst dich!" Peter trat in die zweite Reihe, packte Ina an der Jacke und schlang ihre Arme um die Rückenlehne ihres Flugzeugsitzes. Bekanntlich sind die Abstände zwischen den einzelnen Sitzen recht eng und die beiden mussten etwas Kraft aufwenden, um sie hineinzuquetschen. Mit grober Kraft wurde Ina an den Schultern in den Sitz gedrückt. Von vorne sah es wirklich so aus, als wäre sie splitternackt.

„Beine hoch und Füße auf den Sitz!"
Ina konnte es alleine nicht schaffen. Ihr Oberkörper war zu weit nach vorne gebeugt, weil die beiden fliegenden Sadisten die Armlehnen zwischen den Sitzen hochgeklappt hatten.

„Muss man alles selbst machen?" Die Stewardess stellte einen Fuß auf den Sitz und steckte ihn in den schmalen Spalt zwischen dem Sitz und der Rückenlehne des Nebensitzes. Peter machte dasselbe mit dem anderen Fuß. Dann wurden beide Füße nach außen gezogen, wodurch ihre Schenkel weit geöffnet wurden. Der Spalt war so schmal, dass es kein Entrinnen aus ihrer angespannten Position gab.

"Was haben wir hier?" fragte Peter, als er Inas Fotze sah. Er schnappte sich den Clip und Ina stieß ein unterdrücktes Heulen aus. Der Druck schmerzte bereits, jetzt kam noch der ziehende Schmerz hinzu. „Reiß sie ab!" forderte Jutta, die nun in der zweiten Reihe hinter Ina stand. Peter zog die Stahlklammer ganz vorsichtig mit leichten Drehungen und für Ina schmerzhaft langsam. Ihre Lappen waren bis zum Äußersten gedehnt und sie machte sich keine Illusionen, dass Peter die Klemme öffnen würde.

Dann ging alles sehr schnell. Die Klammer riss die Fotzenlappen ab und Ina wollte gerade ihren Mund öffnen, um laut zu schreien, als Jutta ihren Mund von hinten gewaltsam schloss. Ihre Augen waren fast so groß wie mit der Stricknadel. Im nächsten Moment rutschte der Stahldildo, nein, man muss sagen, schoss aus ihrer klatschnassen Fotze und fiel Peter vor die Füße. Es ist kein Geheimnis, dass Sklaven immer nass sind und nass sein müssen. Aber Ina war nass, immer nass und dann waren da noch ihre starken inneren Fotzenmuskeln, die in diesem Fall die Wirkung eines Katapults hatten.

„Kannst du mich nicht warnen, du Schwein, du Fotzenbomber?" Peter schlug ihr rechts und links ins Gesicht, richtig hart. Jutta, die bereits hinter

Ina stand, packte sie an beiden Ohren und hielt Ina wie in einem Schraubstock fest. „Mach weiter, Peter, du bist gerade so gut gelaunt und deine Fotzenbombe macht keinen Mucks mehr! Verstanden?"

Jutta machte nickende Bewegungen mit Inas Kopf. Und dann fing Peter an. Erst rechts, dann links. Zuerst fünf im Rhythmus und dann einzelne Schläge, acht auf einmal links, dann wieder rechts. Ina zählte nicht und wenn doch, dann nur auf Befehl. Aber es müssen 50 bis 60 gewesen sein. Inas Wangen brannten und ihr ganzes Gesicht schmerzte. Ihr Gehirn schien dank Jutta keinerlei Beeinträchtigungen erlitten zu haben.

„Was machen wir jetzt mit dieser Pussybombe? " "Leg es zurück?" fragte Peter und drückte lässig die Fotzenklammer in Inas großes Euter. „Am besten gibt man sie in den Autoklaven (Dampfgarer). Dann ist es schön heiß, wenn wir anfangen und wir sparen uns das Anheizen des Geschäfts." Peter war bereits in der Kombüse (Kombüse), als Jutta ihm nachrief. „Bringt Feuchttücher!"

Als Peter die Tücher brachte, sah er Jutta auf dem Boden knien. Beide Hände waren in Inas großer Fotze und bewegten sich, als würde sie sich darin die Hände waschen.

„Hier zum Abtrocknen!"

„Aber nicht für mich, mein Schatz." Jutta stand auf und fuhr mit ihren Händen durch Peters schwarzes Haar. „Damit deine Frau auch etwas von ihr bekommt und vielleicht der ein oder andere Passagier in der Holzklasse dich fressen will, wenn du nach Muschi riechst. Nein, ich brauche die Handtücher für ihre Fotze. Es sollte schön trocken sein, wenn wir die heiße Bombe zurück in den Lauf schieben.

Nun war es Peter, der sich wortlos hinkniete, das Geschirrtuch in Inas Fotze stopfte und es drehte, als würde er ein Cognacglas reinigen. Völlig durchnässt zog er es heraus und hielt es Jutta vor die Nase.

„Bist du schon so nass?"

„Nesser!"

Jutta griff unter ihren Rock, zog ihr Höschen aus und ließ es wieder durch den Spalt gleiten. „Ich denke, wir müssten dieser Pottsaus das Maul damit stopfen, damit sie nicht zu viel schreit, wenn ihre Fotze Besuch bekommt."

„Öffne deinen Mund und wehe dir, wenn du ihn ausspuckst!"

Ina öffnete sofort und ohne zu zögern ihr Sklavenmaul und durfte nun den Muschisaft aus einer Stewar-Düse genießen.

„Meine Damen und Herren, Ihr Kapitän. Wir haben gerade die Erlaubnis erhalten, die Motoren zu starten. Es geht gleich los. Bitte schalten Sie Ihre Mobiltelefone wieder aus und schnallen Sie sich an. Ich melde mich kurz nach dem Start mit einigen Informationen zu unserem Flug bei Ihnen. Vielen Dank."

"Meine Damen und Herren …"

„Und du sitzt hier einfach mucksmäuschenstill."

‚Idiot!', dachte Ina bei sich.

Nach den bekannten Gymnastikübungen zur Sicherheit der Passagiere, auf die sowieso niemand achtete, es sei denn, die Stewardess ist hübsch, nahm Jutta ihren Platz gegenüber von Ina ein. Das Flugzeug rollte zur Landebahn. Der Vorhang zwischen Wirtschaft und Öko kann bei Start und Landung nicht geschlossen bleiben. Aber Jutta saß in ihrer vorgeschriebenen Position, die aus der Business Class sichtbar war, aus der Eco jedoch nicht.

Also nutzte sie die Gelegenheit und zog ihren Rock hoch, spreizte die Beine und holte sich einen runter. Juttas Augen waren auf Ina gerichtet. Sie durchbohrte sie buchstäblich mit ihrem Blick. Was sie am meisten faszinierte, waren die zusammengebundenen Euter unterschiedlicher Größe mit den riesigen Warzen darauf, die ebenfalls unterschiedlich groß waren. Und auch die vielen Muttermale beeindruckten sie. „Die Leute von der Inquisition hätten viel damit zu tun gehabt." dachte Jutta. Beim Wichsen fiel ihr auch das Zahlenspiel ein, bei dem Punkte mit Linien verbunden werden müssen, um ein Bild zu ergeben. Aber bei dieser Sau würde sie eine Nadel oder ein kleines Messer benutzen.

Ihr Blick fiel auf Inas Bauch. Aufgrund der unbequemen Position war ihr Bauch nicht wie üblich angespannt, sondern zeigte eine leichte Hautfalte. Das werden sie ändern, sobald sie in der Luft sind.

„Scheiße, diese Fotze!" Ina sah die Bewegung ihres Mundes nur, weil die Motoren dröhnten und das Flugzeug immer schneller wurde. Jutta hat den Stahldildo im Autoklaven vergessen. „Na warte, sobald wir oben angekommen sind, steck es in die Fotzenkanone." Vielleicht war das besser, denn der Schrei war definitiv am Boden zu hören. Jetzt waren die Motoren laut.

Jutta wichste und wollte unbedingt zum Orgasmus kommen, bevor die Anschnallzeichen erlöschen. Sie benutzte bereits ihre zweite Hand. Die Finger rieben kräftig ihre Fotzennippel und drei Finger der anderen Hand steckten in ihrem Loch. Sie erreichte gerade ihren Höhepunkt, als das Sicherheitsgurtschild erlosch. Es ist ein beschissenes Gefühl, wenn man den Orgasmus nicht in vollen Zügen genießen kann. Doch sie musste sofort aufstehen und sich dienstbereit für den kurzen Flug machen. Und ihre Kollegin war schon unterwegs. Peter wusste, was für ein mieses Schwein sie war, aber trotzdem musste er nicht alles wissen.

„Steck ihr das Ding schnell rein, ich habe es vergessen. Und wir haben hinten ein volles Haus, komm schon, beeil dich. Nimm deine Handschuhe, das Ding ist heiß."

Peter kam mit dem Stahldildo in der einen Hand und zwei Eisbeuteln in der anderen zurück. Jutta sah interessiert zu, wie er die Eisbeutel aufrecht so weit wie möglich in Inas Fotze schob. Sie verdrehte erneut die Augen und gedämpftes Stöhnen kam aus ihrem mit Höschen gefüllten Sklavenmaul. Er ließ die Eisbeutel nur ein paar Sekunden drin und schob stattdessen den heißen Dildo hinein. In diesem Moment trat das Weiße ihrer Augen erschreckend groß aus ihren tiefen Höhlen hervor. Sie verdrehte ihren nackten

Körper so weit sie konnte in dieser strengen
Fesselung. Im selben Moment bedeckte Peter
ihren Mund und ihre Nase mit seinem
Handschuh, so dass nur ein lautes, aber heiseres
Stöhnen zu hören war. Ina drohte ohnmächtig zu
werden und Jutta, die bekennende Sadistin, hatte
bereits eine Riechflasche auf ihren
Getränkewagen gestellt. Aber Ina hielt durch.
Schwer atmend und schweißgebadet saß Ina auf
drei Sitzen und war den beiden Flugbegleitern
hilflos ausgeliefert.
Peter klemmte einfach ihre beiden Fotzenlappen
zusammen. Für Peter war es ein eher
mechanischer Vorgang, denn der Dildo sollte
ihre Fotze erwärmen und nicht wieder
herausrutschen.
„Hier sind zwei Kissen für deinen Rücken,
Liebling. Hohle zurück! Na, wird es bald sein?
Ihr Bauch sollte in Ihrem Alter keine Falten mehr
bekommen. Ja, das ist gut, jetzt herrscht wieder
Spannung.“ Jutta verschwand mit ihrem
Getränkewagen hinter dem Vorhang.
„Wir sind nicht so gemein zu dir. Hier haben Sie
Eisbeutel. Ich werde sie auf deine Euter kleben.
Aber wehe ihnen, wenn sie hinfallen“, warnte sie
Peter und verschwand ebenfalls im Eco.

Kaum waren die beiden hinter dem Vorhang verschwunden, um ihren Dienst zu verrichten, geriet die Maschine in Turbulenzen. Zuerst ein leichtes Vibrieren, dann zunehmendes Rütteln und Schaukeln, dann ein Stoß, als würde man schnell auf einer unbefestigten Straße fahren. Dann plötzlich Stille. Die Maschine glitt wieder leise dahin. Doch für Ina war es zu spät. Die Eisbeutel lagen am Boden.

„Jutta, sieh dir das an", bemerkte Peter, als sie ihren Gottesdienst beendet hatten und das Flugzeug bereits im Sinkflug war. „Du willst der Schlampe etwas Gutes tun, ihr einen Aufstieg ins Geschäft verschaffen, sie hat sogar drei Plätze für sich, sogar ihr Eis kaufen, weil ihre Titten brennen und dieses Schwein sie achtlos hinwirft. Warte einfach!"

Peter stellte den Getränkewagen ab und hob einen der Eisbeutel vom Boden auf. Und wer es nicht gesehen hat: Er schlug mit aller Kraft und scheinbar unkontrolliert auf das kleine Euter ein. Ausgerechnet die kleine Meise musste wieder zum Einsatz kommen. Sie wurde schon früher so elend misshandelt.

„So macht man Crushed Ice", bemerkte Peter und lachte halb kopfüber.

Jutta nahm den anderen Eisbeutel und schob Peter beiseite. Sie verfolgte einen geplanteren Ansatz. Zuerst schlug sie, jetzt auf das große Euter, von oben auf die Titten, dann von unten, so dass das Euter richtig in die Luft flog und mit aller Kraft von vorne auf die riesige Brustwarze. Ina wimmerte. Als die Meise richtig rot war und fast schon violett wurde, richtete Jutta auch zahlreiche harte Schläge auf Inas Bauch und die beiden Innenseiten ihrer Schenkel.

„Mein Kleiner hat von den Ohrfeigen ganz rote Wangen bekommen." Mit kleinen, runden Bewegungen übertrug Jutta die Kälte der Batterien auf Inas Wangen. „Ich denke, wir sollten etwas dagegen tun." Ina schüttelte den Kopf. „Ja, ja, ja, ja, ja!" und begann, die Eisakkus in Inas Gesicht landen zu lassen, zunächst leicht und dann immer mehr.

„Meine Damen und Herren, wir nähern uns Hamburg. Wir möchten Sie nun bitten, sich wieder anzuschnallen, die Rückenlehnen Ihrer Sitze senkrecht zu stellen und die Tische vor Ihnen hochzuklappen. Danke schön.

"Meine Damen und Herren …"

Nach der Ankündigung verschwand Peter wieder im Eco, wo er seinen vorgesehenen Platz einnehmen musste. Und natürlich packte er sie wieder voll und brutal an ihren beiden Eutern und hinterließ Kratzspuren von seinen Fingernägeln auf ihren nackten Fußsohlen.

Als der Airbus landete, verstieß Jutta gegen die Vorschriften und setzte sich mit gespreizten Beinen vor Inas gespreizte Beine. Sie hatte drei Gabeln aus der Kombüse mitgebracht. Sie steckte die Zinken einer Gabel von unten in den Nippelring ihrer großen Brust. Dasselbe machte sie auch mit dem kleinen Euter. Dann drehte sie beide Gabeln nach außen und klemmte nach einer Dreivierteldrehung beide Gabeln mit einer festen Klammer, die sie aus ihren Haaren löste, fest. Mit der dritten Gabel stocherte sie eine Weile fast geistesabwesend, aber hart in Inas Kitzlerfleisch, bevor sie zum Mikrofon griff.

„Sehr geehrte Damen und Herren. Willkommen in Hamburg. Bitte bleiben Sie angeschnallt sitzen, bis die Maschine ihre endgültige Parkposition erreicht hat und die Anschnallzeichen über Ihnen erloschen sind. Kapitän Nudemus und seine Crew verabschieden sich hier in Hamburg von Ihnen. Wir hoffen, dass Sie Ihren kurzen Flug mit uns genossen haben und wir Sie bald wieder an Bord begrüßen dürfen. Vielen Dank und auf Wiedersehen.

Bei dieser und der darauf folgenden Ansage auf Englisch blickte Jutta Ina tief in die Augen. Sie glaubte ein kleines Lächeln und ein kaum sichtbares Nicken zu bemerken.

„Meine Damen und Herren, noch einmal Ihr Kapitän. Leider lässt sich die Vordertür nicht öffnen. Wir bitten Sie daher, zum Verlassen des Flugzeugs ausschließlich die hintere Treppe zu benutzen. Danke für Ihr Verständnis."

"Meine Damen und Herren …"

FANTASTISCHE FAHRT NACH HAUSE

Schließlich fuhr der Zug nach Hannover auf den Bahnsteig. Er war schon eine halbe Stunde zu spät und Markus war schon ziemlich genervt und erschöpft vom Warten in der schwülen Abendhitze. Ein anstrengender Tag auf Patrouille lag hinter ihm und er wollte nur noch in seine Wohnung gehen , die Füße hochlegen und bei einem Bier das Champions-League-Spiel anschauen – vielleicht vorher noch ein paar Sit-ups machen, um seinen durchtrainierten Körper fit zu halten.

Die Waggons am Ende des Zuges waren immer ziemlich leer, da man am Bahnhof am weitesten laufen musste, um dorthin zu gelangen – aber Markus genoss die Leere und die damit verbundene Ruhe. Er suchte nach einer abgeschlossenen Kabine für sechs Personen in der zweiten Klasse. Dann fuhr er sich mit der Hand durch die braunen Haare und griff nach der Tageszeitung, um sie zu lesen. Kurz darauf öffnete sich jedoch die Wagentür. „Oh nein“, dachte er und blickte auf, um zu sehen, wer ihn störte.

Ein junger Rotschopf betrat das Abteil und lächelte ihn schüchtern an. Ihre Haut war sehr blass und sie hatte ein paar Sommersprossen im Gesicht. Ihre langen Haare trug sie offen zu einem mintgrünen Sommerkleid, das ihre Brüste oben etwas hervorschob und locker um ihre straffen, schlanken Oberschenkel fiel. Sie setzte sich ihm gegenüber auf den Sitz und schlug galant die Beine übereinander, dann holte sie eine Zeitschrift aus ihrer Tasche und begann darin zu blättern.

Markus las wieder die Tageszeitung, warf seinem gutaussehenden Gegenüber aber immer wieder verstohlene Blicke zu. Langsam lief ihr ein Schweißtropfen über den Hals – kein Wunder, im Zugabteil war es noch heißer als draußen. Geistesabwesend wischte die Fremde den kleinen Tropfen mit ihren schlanken Fingern weg – Markus betrachtete dies mit entzückter Faszination, während die junge Frau seinen Blick überhaupt nicht zu bemerken schien.

Der Zug ruckelte weiter und die beiden saßen einige Zeit im Abteil. Plötzlich hörte Markus, wie sich die Frau bewegte und schaute über den Rand seiner Zeitung – sie spreizte ihre Beine –

vermutlich schwitzte sie in ihrer vorherigen Position ziemlich stark . Dann sah er es: Das Gegenüber trug keine Unterwäsche! Der Unbekannte zog den nach oben gerutschten Saum des Kleides schnell wieder nach unten und schaute geschockt nach oben. Als sie sah, dass sie beobachtet wurde, wurde ihr Gesicht rot und sie warf sofort einen Blick zurück auf ihre Zeitschrift.

Markus spürte ein Kribbeln in seiner Hose und musste sich auf dem Sitz neu positionieren, da sein Schwanz anfing, hart zu werden und mehr Platz benötigte. Er warf einen Blick auf die Uhr: 40 Minuten bis zu seinem endgültigen Ziel – wenn er sich beeilte ...

In seiner Fantasie sah er den Rotschopf vor sich, leicht schweißgebadet, seufzend und stöhnend. Er wurde noch härter und beschloss, den Fremden in ein Gespräch zu verwickeln.

„Es ist schlimm mit dieser Baustelle, oder? Jeden Tag Verzögerungen!" er sagte.

Die Fremde blickte überrascht auf, ihr Gesicht war immer noch leicht gerötet.

„Ähm, ich gehe nur am Wochenende, wenn ich vom Lernen nach Hause komme", antwortete sie, „aber das stimmt, wir sind eigentlich jedes Mal zu spät."

"Was studieren Sie?" Fragte Markus.

„Jura – letztes Semester", antwortete sie und fügte dann mit einem charmanten Lächeln hinzu: „Zumindest hoffe ich es!"

"Interessant! Dann arbeiten wir fast im selben Geschäft" – Markus musste es nicht erklären – er trug seine Uniform und da er seine Jacke ausgezogen hatte, konnte man seine Ausrüstung deutlich sehen.

Der Fremde lächelte verlegen und blickte zurück auf ihre Zeitschrift. Verdammt.

Nachdem Markus einen Moment darüber nachgedacht hatte, versuchte er es mit einer anderen Technik. Er verließ das Abteil, schenkte der Fremden ein Lächeln, das sie erwiderte, und tat so, als würde er die Toilette benutzen. Als er zurückkam, setzte er sich nicht ihr gegenüber, sondern neben sie.

"Wie heißen Sie?" fragte er fröhlich.

„Ähm, Marie Aigner. Und du?"

"Markieren! Schön dich kennenzulernen, Marie. " - Sie lächelte. „Was ist das auf deinem Arm?

„Ist das eines dieser Pandora-Armbänder?" er hat gefragt.

„Ja genau, das habe ich letztes Jahr von meinen Eltern bekommen, als ich volljährig wurde", antwortete sie.

„Kann ich mir das mal ansehen? Meine Schwester liebt diese Stücke absolut."
Markus streckte seine linke Hand mit der Handfläche nach oben aus. Mit der rechten Hand griff er nach seiner Hüfte und entfernte mit einem leisen Klicken die dort befestigten Handschellen .
Marie legte ihre Hand in seine, um ihm den Schmuck genauer zu zeigen – dann handelte er so schnell, dass sie überhaupt nicht reagieren konnte. Eine Handschelle schnappte zu und stand auf, packte ihr anderes Handgelenk und verriegelte auch dieses mit einem kalten, metallischen Klicken.
"Was…?" fragte Marie verwirrt. Deshalb hat sie die erste Glocke erwischt.
„Halt den Mund, keine Fragen!" Markus fuhr sie an.
„Aber was…", begann sie erneut und erhielt den zweiten lauten Schlag ins Gesicht.
Das schien ihr den Mund zu verschließen.
Er packte sie an den Oberarmen, zog sie aus dem Sitz und drückte sie dann nach unten.
"Niederknien!" er befahl ihr und ihre Füße gaben seinem Druck nach.

„Du wirst mir jetzt einen blasen, verstanden? Und wenn Sie irgendwelche Streiche spielen, wird es einen großen Knall geben!"
Er holte seinen halbharten Schwanz aus der Hose und steckte ihn ihr ins Gesicht. Vor lauter Schock kniete sie einfach da und sah ihn mit großen Augen an. Sein Gesichtsausdruck war himmlisch und erregte ihn noch mehr. Während sie weiterhin starr und unruhig blieb, gab es eine weitere Ohrfeige, als er ihr mit der Handfläche auf die Wange schlug. Sie stieß einen kleinen Schrei aus, den er gleichzeitig ausnutzte.
Er packte ihren Kopf und vergrub seine Hände in ihrem dichten Haar. Ihr Mund war von ihrem Schrei noch leicht geöffnet und so schob er seinen Schwanz direkt zwischen ihre Lippen. Sie versuchte, ihren Kopf wegzuziehen, aber er hielt sie fest und zog sich leicht von ihrem Mund zurück, bevor er sofort wieder zustieß.
Ihre warmen Lippen schlangen sich um seinen Schaft und seine Pumpbewegungen erzeugten einen Sog, der den Saft aus seinem Penis ziehen wollte. Seine Bewegungen wurden schneller und rauer, er bemerkte, dass Marie anfing zu würgen, aber er ignorierte es.
Die Muskeln in seinem Arsch verkrampften sich und er neigte seinen Kopf nach hinten, spürte,

dass er sein Sperma nicht mehr zurückhalten konnte, und schoss alles in ihren Hals, wobei er ihr Haar fester umklammerte, so dass sie seiner Fütterung nicht entkommen konnte.

Zuerst wollte sie nicht schlucken, aber als immer mehr von seinem Sperma in sie eindrang, konnte sie nicht anders, als seine Sahne in sich aufzunehmen.

Als er fertig war, ließ er seinen Griff los und sagte: „Gutes Mädchen, jetzt steh auf." Sie gehorchte ihm und er half ihr beim Aufstehen, indem er sie am Arm packte und hochzog. Dann holte er ein zweites Paar Handschellen aus seiner Tasche – immer darauf bedacht, ihr den Weg zur Tür zu versperren – Vorsicht ist besser als Nachsicht!

„Hände hoch", befahl er ihr.

Sie schien so verängstigt zu sein, dass sie ihm gehorchte – er richtete ihre Arme zurecht und fesselte sie mit dem zweiten Paar Handschellen am Gepäckträger

Dann sah er sie zufrieden an.

"Was soll das heißen?" fragte sie mit zitternder Stimme.

Der nächste Schlag traf sie auf ihren Hintern und ließ sie wimmern.

„Halt die Klappe, du Stück Scheiße!" er befahl ihr.

Er ließ seine Hand über ihre Schenkel gleiten – ihre Haut war weich und glatt und leicht feucht von der schwülen Hitze. Dann streichelte er das Kleid und ihre runden Titten. Sie waren weder zu groß noch zu klein und so weich, wie es nur echte Brüste sein können. Er spürte kurz, wie ihre Brustwarzen hart wurden und nutzte die Gelegenheit, um eine davon zwischen seine Finger zu nehmen und sie zu kneifen. Marie stöhnte leise, wahrscheinlich vor Schmerzen. Er rollte die Brustwarze zwischen seinen Fingern und drückte sie ab und zu kurz. Nach einer Weile hörte er auf zu spielen und wandte sich wieder ihren Schenkeln zu. Er strich über die Innenseite und schob das Kleid zur Seite. Noch bevor er sein Ziel erreichte, wusste er, was ihn erwartete. Doch er war schockiert, als er feststellte, dass die hübsche Schlampe nicht nur nass, sondern nass war! Es hätte nicht besser laufen können. Er verzichtete auf einen Kommentar und fuhr mit seinem Zeigefinger über den Schlitz der Fremden, ohne zu tief in sie einzudringen. Dann drückte er auf ihren Kitzler und begann ihn unter dem Druck zu reiben.

Die Hüften der Rothaarigen bewegten sich und
er hörte sie wimmern. „Gefällt es dir?" fragte er,
bekam aber keine Antwort – er brauchte keine.
Während er mit seinem Daumen ihre Klitoris
bearbeitete, drang er mit seinem Zeigefinger in
sie ein. Sie war samtig weich und angespannt,
aber gegen den leichten Druck seines Fingers
gaben ihre Muskeln bereitwillig nach. Nach
einer Weile drückte er seinen Mittel- und
Ringfinger in sie hinein und ließ ihre Klitoris los,
damit er ihre Fotze besser bearbeiten konnte. Sie
zuckte immer heftiger und er bemerkte, dass sie
kurz davor war zu kommen. Plötzlich zog er
seine Hand aus ihr heraus. Sie gab ein
enttäuschtes Geräusch von sich.
„Mach dir keine Sorgen, Schlampe – du wirst
gleich etwas noch Härteres bekommen!" er
versprach es ihr und löste seine Waffe aus der
Halterung an seinem Gürtel. Als Marie sah, was
Markus vorhatte, flehte sie ihn an: „Oh nein,
bitte nicht!" Bitte nicht!" Sie wimmerte, aber mit
ein paar gezielten Ohrfeigen auf ihren Hintern
brachte er sie zum Schweigen. „Halt dein
dreckiges Maul! „Hier kann dich sowieso
niemand hören", schnappte er.
Er prüfte, ob die Waffe gesichert war und holte
sicherheitshalber alle Patronen heraus.

Dann fuhr er mit dem kalten Schaft der Waffe über ihre nasse Fotze und rieb das Stück mit ihrem Muschisaft ein, damit es besser in sie hineinrutschen konnte. Gleichzeitig nahm er ihren geschwollenen Kitzler zwischen Daumen und Zeigefinger und rieb ihn mit sanftem Druck. Marie schien völlig zu vergessen, womit er sie penetrieren wollte. Er positionierte die Waffe und drückte das harte, kalte Metall in ihre feuchte Muschi. Ihr früheres Wimmern verwandelte sich nun in ihr erstes richtiges Stöhnen. Sie wirkte nicht wie eine Frau, die vor Vergnügen schrie, aber Markus fand ihre Geräusche mehr als erotisch.

Er zog die Pistole wieder fast vollständig heraus und schob sie dann noch tiefer in Maries Fotze. Er wiederholte seine Stöße und jedes Mal wurde das Metall der Waffe mehr und mehr mit ihrem Fotzensaft bedeckt. Als er merkte, dass Marie kurz davor war, wieder zu kommen, stoppte er seine Bewegungen und ließ die Waffe tief in ihr vergraben. Vielleicht würde er sie heute nicht kommen lassen! Der Gedanke daran, dass sie am Rande des Orgasmus unbefriedigt blieb, machte ihn erregt.

Er ging um sie herum und hob ihr Kleid hoch – dann schlug er ihr mit der Handfläche auf den

Hintern, während der harte Schaft der Waffe in ihrer Fotze stecken blieb. Sie stöhnt. Er schlug erneut zu und sah zu, wie sich die Waffe in ihr bewegte.

Hin und wieder wechselte er von einer Pobacke zur anderen und hörte erst auf, als ihr Po gleichmäßig rot gefärbt war.

Zeit für ihn, sich selbst ein wenig zu vergnügen, bevor der Zug seinen Bahnhof erreichen würde.

Er zog die Waffe aus Marie heraus und ihr Muschisaft tropfte auf den Boden des Abteils.

Die geile Sau war total aufgeregt.

Kurzerhand steckte er die Waffe in seine Tasche – er müsste sie heute Abend wohl mehr als gründlich reinigen, aber dieser Fick war es ihm mehr als wert!

Dann packte er Maries Beine zwischen ihren Kniekehlen und legte sie auf seine Armbeugen – ihre feuchte Muschi befand sich direkt vor seinem pochenden Schwanz, der immer noch aus seiner geöffneten Hose herausragte. Es war ein wirklich cooler Anblick, sie mit gefesselten Armen in der Luft hängen zu sehen – er konnte leicht in sie eindringen, weil ihre Muschi so begierig darauf war, gefüllt zu werden.

Er fickte sie, was nicht einfach war, da der Zug weiter ruckelte. Das ganze Vorspiel hatte ihn ziemlich geil gemacht und schon nach kurzer Zeit kam er. Am liebsten hätte er ihre Brüste mit den Händen behandelt, aber in dieser Position hatte er im wahrsten Sinne des Wortes alle Hände voll zu tun.

Außerdem wäre Marie möglicherweise schneller gekommen als er – und er wollte ihr nicht die Belohnung eines Orgasmus gönnen.

Also kam er schnell und hart und pumpte sein ganzes Sperma in sie hinein, ohne dass Marie Zeit zum Abspritzen hatte. Dann zog er sich aus ihr heraus und legte ihre Beine auf den Boden. Doch diese gaben nach und so hing Marie schwach an ihrer Befestigung am Gepäckträger. Markus war äußerst zufrieden und steckte seinen Schwanz in die Hose. Über den Lautsprecher wurde seine Station angekündigt. Perfektes Timing!

Vorsichtig befreite er Marie von den Handschellen, doch sie konnte sich auf ihren zitternden Beinen nicht halten und sank vor ihm auf die Knie – ein unbeschreiblicher Anblick. Er packte seine Utensilien in seine Tasche und nahm seine Uniformjacke, als ein Zugschaffner die Abteiltür öffnete.

Er errötete leicht, als er die Szene vor seinen Augen wahrnahm – Marie, schweißgebadet, auf den Boden schauend und schwer atmend, mit gespreizten Beinen auf dem Boden knieend und der Geruch von Sex im Abteil.

Ein schmutziges Lächeln breitete sich auf dem Gesicht des Schaffners aus – der Typ war Mitte vierzig und etwas untersetzt.

"Ist alles in Ordnung?" er hat gefragt.

„Ja, vielen Dank – ich muss jetzt sowieso raus", antwortete Markus.

„Und die Dame?" fragte der Schaffner weiter.

„Ich habe nur einen kleinen Schwächeanfall – vielleicht schauen Sie später einfach nach ihr – nur um sicherzugehen."

Der Schaffner verließ die Tür und murmelte: „Oh ja, das ist meine Pflicht", bevor er im Gang verschwand.

Markus lächelte und dachte: Vielleicht, liebe Marie, kannst du heute noch kommen! Dann kam der Zug zum Stehen und Markus ließ die hübsche Rothaarige ohne ein weiteres Wort zurück.

EINE WEITERE LEKTION

Ich weiß, dass ich es nicht wert bin, weil ich so eine geile kleine Schlampe bin. Dennoch danke ich Ihnen für die Lektion, die Sie mir beigebracht haben. Als Dankeschön öffne ich deine Hose und hole deine schweren Eier heraus. Wie immer macht mir dein dicker Schwanz etwas Angst, weil er so extrem schwer ist. Aber gehorsam nehme ich deine dicke Eichel und creme sie vorsichtig mit beiden Händen ein.

Ich massiere deine harten Eier immer wieder sanft und sage dir, dass ich bei dem Gedanken zittere, dass du mich gleich aufspießen und mit diesem riesigen Riemen quälen wirst .

Aber Sie sagen, dass ich keine andere Wahl habe. Jetzt musste ich diese Lektion lernen. Dein enorm dicker und schwerer Schwanz zittert jetzt in meinen Händen. Ich habe ihn hart gewichst und ihn schön mit Gleitmittel vorbereitet. Du befiehlst mir, mit harter Stimme und bösen Worten, jetzt mein Fickloch vorzubereiten. Obwohl mein Loch vor Schleim glänzt, muss ich mich vor dir trotzdem mit viel Gleitmittel einreiben.

Ich glaube, ich bin jetzt bereit, aber du sagst, meine kleine Muschi sei viel zu schmal für deinen dicken Riemen und du musst darauf achten, dass ich geweitet bin. Du faßt grob meine Lippen mit beiden Händen und ziehst sie auseinander.

Ich stöhne laut. Du nimmst auch meine inneren Lippen und dehnst sie ebenfalls. Jetzt ist mein Loch offen, aber du bist noch nicht zufrieden. Du hast eine Zange wie ein Gynäkologe, um meine Lippen weit offen zu halten, und jetzt schiebst du einen Dildo in mich hinein, der noch dicker ist als dein schockierend dicker Schwanz.

Das Gewitter in mir beginnt.

Ich kann mich nicht zurückhalten und stöhne laut, aber du gibst mir eine harte Ohrfeige. Ich muss ruhig sein.

Für meine Geilheit muss ich mich bei dir entschuldigen, bei mir ist es immer das Gleiche. Weil ich so schwer zu ficken bin und nicht wirklich gut dafür bin, muss ich deinen Schwanz nochmal hart wichsen.

Ich liege da mit dem großen Dildo in meiner viel zu engen Muschi, ich stelle mir vor, dass du ungeduldig wirst und mich als untauglich zum Ficken bezeichnest. Du musst mich erstmal eincremen und meine Muschi weiten, denn ich fingere mich ständig vor lauter Geilheit und masturbiere ständig. Und ich konnte einen richtigen Riemen nicht ertragen.

Deine Geduld hat ein Ende und du packst mich am Dildo, den du übermäßig hart und schnell in mich hinein und wieder heraus drückst.

Es fällt mir schwer, nicht zu stöhnen, meine Augen weiten sich enorm und ich spüre, wie dein Schwanz jetzt in meinen Händen hart wird wie ein Stein. Mit einem Ruck ziehst du den Dildo heraus und bumst mich, sodass ich mich umdrehe und du mich endlich von hinten nehmen kannst. Du musst mir zuerst alles erzählen.

Auf allen Vieren hebe ich meinen Arsch zu dir, doch dich interessieren nur meine dicken, saftigen Lippen, die du nun weit auseinander ziehst. Und obwohl ich deinen Schwanz gerade noch in der Hand hatte, konnte ich nicht atmen, als du ihn gnadenlos in mein Loch geschoben hast. Ich spüre, wie deine Eier meinen Kitzler treffen, du stößt so heftig zu.

Ich schnappe nach Luft, obwohl ich weiß, dass ich den Mund halten muss, aber du hast es gehört.

Du drückst meine Schultern kräftig auf den Boden, sodass mein Arsch noch höher steht und du dich bequemer bedienen kannst. Dein Fickrhythmus wird härter und schneller, immer gnadenloser. Ich beiße mir in die Hand und Tränen kommen aus meinen Augen, weil du heute so hart bist. Aber ich muss diese Lektion lernen, wenn ich gut genug für dich sein will. Zum Schluss spritzt du alles in mich hinein, es ist eine unglaubliche Menge und ich spüre, wie dein Zucken kein Ende zu nehmen scheint. Nachdem du deinen Schwanz herausgezogen hast, muss ich mich mit beiden Händen bedecken, weil ich schon weiß, dass du es nicht aushältst, wenn ich alles andere vollsabbere.

Ich zittere immer noch am ganzen Körper vor Angst vor der harten Gewalt, mit der du mich gefickt hast, aber ich habe bereits gelernt, dass ich mich nur bewegen kann, wenn du es mir erlaubst.

Schließlich schickst du mich auf die Toilette, um meine Muschi zu reinigen. Du beobachtest mich ganz genau, damit ich mich nicht unnötig berühre und es eventuell selbst tue.

 Aber ich weiß bereits, dass ich nur dann einen Orgasmus haben kann, wenn du es mir vorher erlaubst. Wenn ich wieder sauber bin, ohrfeigst du mich, weil du siehst, dass ich immer noch geil bin. Habe ich immer noch nicht genug? Zur Strafe werden mir wieder die Hände auf dem Rücken gefesselt und ich muss sofort ins Bett

DIE SUCHE NACH GRENZEN

Wir werden uns treffen. Das erste Mal. Wir wollen beide nur eines. Sex! Pure Lust, Lust! Unsere Grenzen kennenlernen .

Du hast mich am Bahnhof abgeholt und alles organisiert. Ein Zimmer in einem Hotel. Wir gehen zuerst in die Stadt. Es ist früher Abend. Wir werden etwas essen. Lass uns erst einmal reden, wir kennen uns nicht. Aber wir bleiben nicht lange dort, wir sind unruhig und wollen es wissen.

Wir fahren zum Hotel, holen den Zimmerschlüssel und gehen nach oben. Im obersten Stockwerk ist es um diese Jahreszeit leer, wir sind dort die einzigen Gäste.

Das Zimmer verfügt über ein großes Bett und ein Badezimmer mit Badewanne und Dusche. Mehr brauchen wir nicht.

Du schließt die Tür hinter mir. Komm auf mich zu, wirf mich aufs Bett. Du ziehst deinen Rock hoch und reißt dein Höschen herunter.

Wir sind schon geil, wir brauchen keine Einweihung. Du wirfst dich auf mich und nimmst mich. Nehmen Sie sich einfach die Zeit, den Reißverschluss Ihrer Hose zu öffnen, mehr nicht. Ich möchte protestieren, aber du verschließt meinen Mund mit einem fast brutalen Kuss. Ich kann nur stöhnen. Ich spüre, wie dein Schwanz hart und schnell in mich eindringt. Und so machen Sie weiter, hart und schnell. Es ist toll. Ohne Diskussion, ohne Fragen. Genau so. Mein Stöhnen wird lauter. Ich höre dein Keuchen in meinem rechten Ohr. Du küsst mich nicht mehr, du stößt einfach so fest zu, wie du kannst. Ich spüre ein Kribbeln in meinem Bauch, das schnell stärker wird.

Du spürst auch ein Pulsieren in deinem Schwanz. Unser Stöhnen wird lauter und endet fast in einem Schrei, genau in dem Moment, in dem du dich in mich ergießt. Erschöpft fallen wir uns in die Arme. Bleiben Sie vorerst liegen. Neue Kraft schöpfen. Die Nacht ist noch lang und liegt noch vor uns.

Wir fangen an, uns gegenseitig zu streicheln, ziehen uns aus und erkunden langsam die Körper des anderen. Es ist fast zart. Wollen wir das? Nein, eigentlich nicht. Wir wollen mehr. Wir wollen beide unsere Grenzen testen.

Unsere Bewegungen werden schneller, fester. Du streichelst meine Brust nicht mehr, sondern

massierst sie. Zwick mich rein. Vorsichtig, aber bestimmt. Ich stöhne.
Ich muss auf die Toilette, lass mich gehen.
Ich stehe auf und gehe ins Badezimmer. Sobald ich fertig bin, öffnet sich die Tür und du kommst herein. Du beugst mich mit meinem Oberkörper über den Wannenrand. Du hältst mich dort mit deiner linken Hand. Mit deiner rechten Hand greifst du zwischen meine Beine. Du reibst meinen Kitzler, du ziehst weiter an meinem Ring. Mit zwei Fingern gleitest du in meine Muschi. Sie ist ganz nass. Mit meiner Nässe an deinen Fingern streichelst du über meinen Damm, bis zu meinem Po. Sie reiben die Feuchtigkeit dort ein. Du wiederholst das Ganze zweimal, dreimal ... Nicht ohne jedes Mal den Druck deines Fingers auf meinen Hintern zu verstärken. Ich stöhne. Ich weiß was du willst. Ich fürchte. Es schmerzt. Aber du wirst mich nicht gehen lassen. Du hältst mich über die Wanne. Ich spüre deinen Finger in meinem Hintern. Spüre, wie geil es dich macht, der Gedanke, dort in mich einzudringen. Ich spüre meine Enge dort. Du steckst einen zweiten Finger in deinen Po. Sehr vorsichtig. Bewege deine Finger in mich hinein. Ich versuche mich so weit zu dehnen, dass du deinen Schwanz

hineinstecken kannst. Das Gefühl ist großartig. Verrückt!

Ich merke, wie schwierig es für dich ist, dich zu beherrschen. Auch Ihre Atmung beschleunigt sich. Plötzlich bist du hinter mir. Deine Hände umfassen mein Becken. Ich spüre die Spitze deines Schwanzes auf meinem Hintern. Wie er vorsichtig versucht, in mich einzudringen. Meine Angst ist zurück. Du fühlst es. In dem Moment, in dem du mit einem kraftvollen Stoß in mich eindringst, schlägst du mir fest mit deiner Handfläche auf den Arsch. Es knallt wirklich. Ich habe vor lauter Schock vergessen, mich anzuspannen. Ich bin erstaunt, zu spüren, dass dein Schwanz vollständig in mir steckt. Du bleibst für einen kleinen Moment still. Aber nur um dann noch härter zuzustoßen.

Ich schreie. Nicht aus Schmerz, sondern aus purer Lust. Auch dein Stöhnen wird lauter. Diese Enge hat Dich völlig im Griff. Dein Schwanz unter Kontrolle. Du stößt zu, hart und unaufhaltsam. Ich möchte dich überhaupt nicht aufhalten. Was du tust, macht mich geil. Mein Bauch brennt, meine Muschi brennt.

Ich habe das Gefühl, dass ich komme. Jassssssssssssssss. Ich schreie es heraus. Du stößt weiter. Ich kann nur stöhnen. Du merkst auch, dass Du nicht mehr weit von Deinem Orgasmus entfernt bist.

Du machst eine Pause. Ich möchte noch nicht kommen. Zieh deinen Schwanz aus meinem Hintern und schiebe ihn in meine Muschi. Und stößt weiter. Ich werde wieder geil. Das Gefühl deines Schwanzes in meiner Muschi, dein lautes Stöhnen...

Ich merke, wie es wieder in mir hochsteigt, dieses Gefühl. Du fickst mich weiterhin gnadenlos. Treibe uns gemeinsam zum Orgasmus.

Verschwitzt schnappen wir nach Luft. Ich steige in die Badewanne, setze mich dort hin und möchte kurz duschen. Du kommst zu mir in der Wanne. Du stehst vor mir und sagst nur, dass du unbedingt pinkeln musst. Du siehst mich erwartungsvoll an. Was willst du von mir?

Du fängst wieder an, mich zu streicheln. Ich bin sofort wieder Feuer und Flamme. Ich bin sofort wieder geil, als hätte es keine Pause gegeben. Kein Orgasmus. Du berührst wieder meine Muschi. Reibe meinen Kitzler, bis ich wieder anfange zu stöhnen. Plötzlich, wenn ich glaube, dass ich es nicht mehr aushalte, setzt du dich auf. Du stellst dich über mich. Du nimmst deinen Schwanz in die Hand, zeigst ihn auf mich und pinkelst auf mich. An meinem Hals, meiner Brust, zwischen meinen Beinen. Zuerst bin ich entsetzt. Was machst du? Aber das Gefühl, der auf mich gerichtete Strahl, die Wärme deines Urins. Ich weiß nicht, wie es passiert ist. Ich kann es mir nicht erklären. Aber es hat gereicht. Das allein reichte aus, damit ich wieder abspritzen konnte.

Wir lassen Wasser in die Wanne laufen. Ein entspannendes Bad ist genau das, was wir gerade brauchen. Ich renne schnell ins Zimmer und komme mit einer Flasche Champagner und zwei Gläsern zurück. Wir machen es uns in der Wanne gemütlich. Trinken Sie den Champagner und sprechen Sie über das, was Sie gerade erlebt haben.

Als das Wasser kalt wird, steigen wir aus der Wanne, trocknen uns mit den dicken und flauschigen Handtüchern des Hotels ab und gehen zurück ins Zimmer. Zufrieden lassen wir uns aufs Bett fallen.

Wir umarmen uns zärtlich. Fangen Sie an zu kuscheln. Ja, da ist etwas Zärtliches, Vertrautes zwischen uns.

Unsere Grenzen können uns für heute gestohlen bleiben, sie interessieren uns im Moment nicht. Wir wollen Zärtlichkeit. Beide.

Du beugst dich über mich. Fang an, mich zärtlich zu küssen. Mein Gesicht, du spielst mit deiner Zunge in meinen Ohren. Es kitzelt, aber es fühlt sich gut an. Ich schaudere. Ich fange an, dich zu streicheln. Deine Arme, deine Brust. Und Küsse dich. Meine Zunge spielt mit deinen Brustwarzen. Sie richten sich auf und werden steif. Ich küsse dich weiter, bis zu deinem Schwanz. Streck meine Zunge raus und umkreise deine Eichel. Wieder und wieder. Ich schließe meine Lippen um deinen Schwanz und nehme ihn tief in meinen Mund. Fangen Sie an, an ihm zu lutschen. Du schmeckst gut. Ich nehme es gleichzeitig in die Hand. Während ich deine Eichel lecke, wichse ich dir mit der rechten Hand einen. Er ist schon erwachsen. Und hart.
Du greifst mit einer Hand meine Muschi und fängst an, mich zu fingern. Ich bin schon ganz nass vor Vorfreude. Du führst vorsichtig zwei Finger in meine Muschi ein. Bewegen Sie diese in mir. Du willst mich auch lecken, leg dich auf mich. Dein Schwanz ist in meinem Mund. Du leckst sanft meine Ritze mit deiner Zunge. Einmal, zweimal … Jedes Mal, wenn du versuchst, es etwas tiefer in mich hineinzudrücken. Es ist ein tolles Gefühl! Macht

mich richtig heiß. Jedes Mal, wenn deine Zunge meinen Kitzler streichelt, zucke ich zusammen. Du gehst runter und kniest zwischen meinen Beinen. Du siehst meine Muschi an, streichelst sie. Du merkst, wie erregt ich bin, wenn du meinen Kitzler berührst und das ausnutzst. Ich winde mich unter dir, unter deiner Berührung. Mein Stöhnen wird lauter.

Du liegst auf mir, dein Schwanz streichelt durch meine Ritze. Ich spüre, wie er langsam in mich hineingleitet. Ganz langsam und zärtlich. Dann bewegst du dich in mir. Sehr zärtlich. Dein Stöhnen wird lauter. Ich folge deinen Bewegungen. Ganz langsam kommen wir gleichzeitig zum Orgasmus. Es ist wunderbar. Nichts kann Zärtlichkeit beseitigen. Oder ist es? Ich weiß es nicht. Morgen sehen wir mehr. Jetzt wollen wir nur noch miteinander kuscheln. Genießen Sie, was Sie erlebt haben.

Wir schlafen fest umarmt ein. Wir haben noch ein ganzes Wochenende vor uns. Werden wir noch an unsere Grenzen stoßen?

Sicherlich !

Subleras Albtraum

Das bekommen Sie, wenn Sie an Blind Dates teilnehmen . Ich dachte mir. Ich konnte es nicht sagen. Denn der Typ hatte mir einen Knebel zwischen die Kiefer geschoben und ihn hinter meinem Kopf festgebunden. Wenigstens drückt die Schnürung nicht, dachte ich ironisch. Freundlicherweise hat er mir zuvor deine Maske über den Kopf gezogen, so dass nur meine Augen und mein Mund frei blieben. Bisher ist alles ganz gut und wie abgesprochen gelaufen. Ich lag fest in Folie eingewickelt vor ihm. Ich kann mich nicht bewegen und habe eine Maske über dem Kopf. Der Gag war jedoch nicht vereinbart und das veranlasste mich dazu; Angesichts meiner aktuellen Position habe ich einige Bedenken. Ich kannte den Kerl nicht weiter. Gut; Wir haben ein paar Mal gefickt und er hat richtig gut gefistet. Er hat auch eine schöne, natürliche, dominante Ader. Und das macht mich einfach richtig heiß...
Ich sah, wie er eine große Klistierspritze aus dem Schrank hinter sich holte. Das war neu. Bisher hatte er während unserer Sitzungen seinen Spaß

daran gehabt, seine Faust und verschiedene Dildos und Plugs in meine Fotze zu schieben. Ich stehe eigentlich nicht so auf Einläufe . Diese Art von Kontrollverlust meine ich nicht, wenn ich an unterwürfig und passiv denke. Aber ich konnte ihm das nicht mehr klar machen. Alles, was aus meinem Mund kam, war Murren und es hatte meinen Körper heute wirklich gut umhüllt. Eine ganze Rolle Frischhaltefolie war drauf. Dadurch war ich völlig bewegungsunfähig. Ich konnte nicht einmal daran denken, hin und her zu rutschen.

Mir wurde gesagt. Ich bin mir nicht sicher, ob es am Gedanken an den Einlauf oder an der aufgebauten Hitze unter der Folie lag. Wie auch immer, er nahm die Klistierspritze aus dem Schrank, ging damit ins Badezimmer und ich hörte ein Zischen, Klappern und schließlich ein schmatzendes Geräusch. Anscheinend füllte er den Einlauf.

Wir unterhielten uns einmal über seine Fantasien in diese Richtung und ich machte ihm klar, dass das nicht mein Ding war. Danach war es zwischen uns kein Thema mehr. Bis jetzt. Ich versuchte mich zu beruhigen und meine Herzfrequenz unter Kontrolle zu bringen, indem ich mir sagte: Was wird passieren? Deine Fotze wird sauber gespült. Sie sind gut gestreckt und vertragen viel Wasser. Zumindest wusste ich das aus meinen eigenen Experimenten in der Wanne. *lächeln*

Ich sah ihn wieder einigermaßen ruhig aus dem Badezimmer kommen. In der einen Hand der große Einlauf und in der anderen ein Fünf-Liter-Plastikkanister, in dem eine Flüssigkeit undefinierbarer Farbe schwappte.

Er kam zu mir und drehte mich auf den Bauch. Jetzt kann ich ihn nur noch aus dem Augenwinkel sehen. Aber das war mehr als genug. Irgendwie war ich froh, dass er mir nicht zusätzlich zum Knebel noch eine Augenbinde gegeben hatte . Mit wie wenig kann man glücklich sein...

Ich dachte kurz darüber nach, wie er den Einlauf in mich einführen würde, denn schließlich war mein Arsch genauso fest umwickelt wie der Rest meines Körpers. Und meine Fotze war unzugänglich. Als hätte er meine Gedanken gehört, sah ich ein schmutziges Grinsen auf seinem Gesicht. „Halt still, Schlampe. Ich werde jetzt die Folie über deiner Fotze aufschlitzen und wir wollen nicht, dass Blut fließt...“

Art. Wirklich nett. Was blieb mir also anderes übrig, als still zu liegen? Ich hörte ein leises

Quietschen und spürte einen kühlen Luftzug an meiner Fotze, der sofort durch einen Daumen ersetzt wurde, der sich unsanft in meine Fotze drückte. „Nun, das gefällt dir, du Schlampe. - Ja; Wimmere nur ein wenig. Mit diesen Worten schob er noch zwei Finger in meine Fotze. Normalerweise stellt das für mich keine Herausforderung dar, aber aufgrund der fest gepressten Arschbacken und der abgeschnürten Schenkel; die durch den Film fest fixiert wurden, war es ein ganz anderes Gefühl...

Sobald seine Finger in mir waren, zog er sie zurück und setzte die Spitze des Einlaufs auf. Er muss es richtig geschmiert haben, denn es glitt ohne nennenswerten Widerstand in mich hinein. Ein kleiner sanfter Druck genügte und mein Arschloch öffnete sich. Kurz darauf spürte ich einen leichten Druck in mir und hörte ein schmatzendes Geräusch, als er den Einlauf in mir entleerte. Und ich hörte, wie sein Atem etwas schneller wurde. Es schien ihn geil zu machen. Mein Schwanz bewegte sich ebenfalls, hatte aber nur die Möglichkeit, in dem engen Gefängnis, das die Folie darstellte, unmerklich zu wachsen. Und so bereitete mir meine Geilheit mehr Schmerz als Vergnügen.

Er sagte etwas zu mir, das ich nicht verstand. Aber das konnte ich ihm aufgrund des Gags nicht klarmachen. Er hat mein hmmpf wahrscheinlich als Zustimmung interpretiert. Denn das nächste, was ich hörte, war: „Okay, Schlampe, dann bekommst du gleich deine zweite Ladung." Aber mach deinen Arsch gut zu, damit nichts rausläuft."

Super, wie soll ich das machen? Aber ich gab mir wirklich Mühe, meine Fotze am Klistier festzuhalten, als er ihn langsam herauszog. Und dann deinen Arsch beugen. Es lief ganz gut. Zumindest soweit ich das beurteilen kann. Ich konnte nichts sehen. Und man spürt kaum etwas. Diese Folie überall. Interessant, wie sich die Wahrnehmung verändert...

Ich dachte immer noch nach, aber er hatte die zweite Ladung, wie er es ausdrückte, wahrscheinlich schon ausgetrunken. Der Einlauf drückte sich wieder in meine Fotze. Diesmal völlig ohne Widerstand. Schlag und das Ding war drin. Er hatte offenbar J-Lube berührt. Das war also im Kanister. Aber warum so viel? Sicherlich würde er mir nicht alles aufdrängen wollen? Das konnte er unmöglich versuchen. Ich spürte, wie wieder Hitze und leichte Panik in mir aufstiegen. Ich war ohnehin zu keiner anderen

Reaktion fähig und versuchte mich zu beruhigen.
Mit zweifelhaftem Erfolg.
Ihre zweite Ladung drückte bereits recht gut. Es
ist unmöglich, meine Fotze geschlossen zu
halten, wenn er jetzt den Einlauf herauszieht,
dachte ich. Aber damit hatte er wohl gerechnet.
Der Einlauf raus und ein Plug rein war fast eins.
Oh, es ist klein, hoffentlich hält der Stöpsel,
dachte ich, als ich ihn betastete ... bis der Teil in
mir größer wurde. Dieser Bastard. Ich habe ihm
einmal in einem Chat gesagt , dass mir diese
aufblasbaren Teile nicht gefallen.
Ich keuchte schwer und sabberte über den
Knebel hinaus. Er schien mein Murren nicht zu
hören oder es war ihm einfach egal.
Wahrscheinlich Letzteres.
Mein Bauch drückte jetzt deutlich gegen die
Folie und gegen das Bett. Schließlich habe ich
auch darauf gelegen! Der Klaps auf meinen
Hintern, den er mir aufmunternd gab, machte
alles nur noch schlimmer.
„Jetzt schauen wir mal, was da noch reinpasst“,
hörte ich seine Stimme.
Sogar mehr? Ich hatte bereits das Gefühl, im
vierten Monat schwanger zu sein. Alles in mir
schrie danach, den Pfropfen loszuwerden und
meinen Darm zu beruhigen.

Er ließ etwas Luft aus dem Plug, zog ihn heraus und ersetzte ihn fast sofort durch den Einlauf, den er bis zum Anschlag in mich hineinschob. Zumindest fühlte es sich so an. Und dann kam der nächste Anstoß. Mein Bauch wölbte sich noch mehr und ich hatte das Gefühl, dass mein Inneres sich ausbeulte. Gleichzeitig spürte ich, wie etwas von dem Zeug, das er in mich hineinschob, seinen Weg durch den Einlauf fand und aus meiner Fotze wackelte.

Schnell zog er den Einlauf wieder heraus und stopfte ebenso schnell den Plug hinein, um ihn energisch aufzupumpen. Noch weiter als beim letzten Mal kam es mir vor. Denn dieses Mal hatte ich das Gefühl, dass meine Rosette von innen aufgerissen wurde. Aber der Stöpsel steckte fest und verhinderte, dass die Füllung mein Inneres verlassen konnte. Mittlerweile stöhnte ich unkontrolliert in den Knebel hinein. Mir wurde schlecht und ich hatte das Gefühl, gleich ohnmächtig zu werden. Ich fühlte mich von starken Bauchschmerzen geschüttelt. Ich nahm meine Umgebung kaum noch wahr. Ich wollte nur, dass es vorbei ist.

Ich musste einfach grotesk aussehen: in Folie; mit Maske und Knebel. Dieses riesige Ding in der Fotze und der aufgeblähte Bauch. Ich wurde weiterhin von heftigen Krämpfen geplagt, während er den Gummistopfen immer dicker in meinen gedehnten Schließmuskel pumpte. Ich hätte ihm wirklich nichts von meiner Vergewaltigungsfantasie erzählen sollen, fiel mir kurz ein. Aber dieser Gedanke wurde sofort von dem Schmerz übertönt, der meinen gesamten Unterleib zu durchfluten schien. Ich konnte nur leise wimmern und jammern. Ich konnte nicht mehr klar denken. Ich ritt nur auf einer Welle von Schmerzen und die Krämpfe schienen nicht aufhören zu wollen. Mein Körper zuckte unkontrolliert, wie ich es bisher nur bei einer Elektro-Session erlebt hatte.

In meinem Dämmerzustand habe ich nicht wirklich gespürt, wie er die Luft aus dem Stöpsel herausließ und wie sie aus mir herausschoss. Gefolgt von einem Schwall J-Lube, denn genau das hatte der Bastard in mich gepumpt.

Das nächste, was ich wusste, war, dass ich in diesem J-Lube-Schlamm lag, der gerade in mir gewesen war. Das Zeug verteilte sich über die Folie, in der Folie und schien überall unter meinem Bauch zu sein.

Ich hörte ihn vor Vergnügen grunzen, als er auf mich rutschte und seinen Schwanz in meine Fotze versenkte und begann, mich zu ficken.

Nach dem Druck, den ich gerade ertragen musste, war ich wirklich dankbar dafür. Und in diesem Moment hätte ich wirklich alles getan, was er von mir verlangt hätte. Zum Glück schien es ihm zu genügen, Spaß in und an mir zu haben. Meine Fotze leistete keinen Widerstand und der Rest meines Körpers schien sowieso nicht mehr zu mir zu gehören...

DER ALTE MANN

Damals war ich erst 19 und im Gegensatz zu heute noch recht sportlich. Mit 178 hatte ich 85 kg und keine Spur von einem Magen. Der Grund dafür war eigentlich, dass ich als Elektriker und Antennenbauer in Köln arbeitete. Die Treppe hoch, die Treppe runter ... jeden Tag. Außerhalb der Arbeit habe ich auch ein paar Dinge für gute Freunde getan. Als ich nach Hause kam, wartete meine Mutter auf mich. „Hör zu, mein Sohn, Frau Müller von der anderen Straßenseite hat gefragt, ob du einen neuen Ofen an das Haus ihres Vaters anschließen könntest? Du solltest sie anrufen!" Ich nickte, nahm den Zettel und rief die alte Dame an. Ihr Vater, 75, hat einen neuen Ofen und dieser muss installiert und angeschlossen werden. Das wäre ihr 50 Mark wert. Ich stimmte zu und fragte nach der Adresse.

Am nächsten Abend fuhr ich direkt von der Arbeit zum Haus des Herrn. Ich klingelte und die Tür öffnete sich. Vor mir stand ein schlanker, älterer Mann in einem grauen Anzug, etwas größer als ich, die Haare ordentlich nach hinten gekämmt. Alles an ihm schien sehr zutreffend zu sein. Er begrüßte mich sehr höflich. Ich fühlte mich in meinen kurzen, abgeschnittenen Jeans und dem weiten T-Shirt etwas seltsam.

Wir gingen in die Küche, wo er mir sofort etwas zu trinken anbot. Dankbar nahm ich das Wasser und trank es in einem Zug aus. Er lächelte warm und goss mehr Wasser ein. Netter Opa !

Dann begann ich mit der Arbeit. Zuerst musste der alte Herd raus, was mit ziemlicher Fummelei verbunden war. Oh Mist, das Kabel war starr und musste ersetzt werden. Doch so einfach war das nicht, denn es verschwand hinter dem Waschbecken. Mist, Mist, Mist, dachte ich und begann, das Waschbecken zu leeren. Die Dose war da. Es war wirklich schwierig, also habe ich mich wie ein Automechaniker auf den Rücken gelegt und an der Dose herumgebastelt. Ich fluchte leise. Der alte Mann kniete sich neben mich und legte seine Hand auf meinen Oberschenkel... Ganz oben zuckte ich zusammen und schlug mir den Kopf auf. „Oh junger Mann, hast du dir etwas angetan … kann ich helfen? " fragte er freundlich. Er beugte sich noch etwas weiter vor und seine Hand rutschte etwas höher. Es gab eine Revolution in meiner Hose. Mein

Kleiner wollte raus... es war lange her, seit er das letzte Mal Sex hatte.

„Nein, alles ist in Ordnung... es ist nur ein bisschen dumm hier", antwortete ich, „aber vielleicht könntest du die Lampe halten und sie auf die Dose richten?" Er griff nach der Taschenlampe, die er ihm hinhielt, und leuchtete damit in den Schrank. Seine Hand glitt wieder höher und war nun direkt auf meinen Eiern. Ich würde jeden Moment platzen, die Jeans hatte eine riesige Beule. Und war das wirklich nur ein Versehen? Keine Ahnung. Ich sah ihn unter dem Waschbecken an, aber er hatte ein unschuldiges Gesicht. Auf jeden Fall ein Versehen.

20 Minuten später war ich endlich fertig. Mein Hemd war völlig durchgeschwitzt, als ich den Herd endlich in den Schrank schieben konnte. Er stand neben mir und beobachtete meine Arbeit. Ich lächelte ihn freundlich an. „Fast fertig" Dann habe ich den Herd an den Schrank geschraubt. Als ich die letzte Schraube festziehen wollte, fiel diese ab und ich musste sie zwischen Herdklappe und Herd wieder herausfummeln. Ich bückte mich, um das zu tun. Und dann passierte es, seine Hand war deutlich auf meinem Arsch zu spüren . Er rieb meinen Arsch und ich fand es schön, aber es dauerte etwas länger als nötig. Als

wäre nichts passiert, zog ich die letzte Schraube fest, seine Hand blieb auf meinem Arsch. Mit einem lauten „So!" beendete ich die Arbeit.
Als ich mich zu ihm umdrehte, konnte ich eine Beule in seiner Anzughose sehen und seine Wangen waren gerötet. Ich nahm meinen Spannungsprüfer und überprüfte es noch einmal, schaltete den Herd ein, um zu sehen, ob er heiß wurde ... alles war in Ordnung.
„Also Herr Schmitz, alles ist wieder in Ordnung. „Herd funktioniert… kannst du wieder kochen", sagte ich. Er lächelte dankbar. „Darf ich dir jetzt ein Bier anbieten, junger Mann? Und wenn ich ehrlich bin, wäre es schön, wenn sie noch etwas länger bleiben würden. Mit zunehmendem Alter ist man immer schnell allein." Ich nickte. „Gerne geschehen, Herr Schmitz, ich habe heute Zeit! " Er nahm zwei Flaschen Bier aus dem Kühlschrank und ging vor mir ins Wohnzimmer. Alles war alt, aber geschmackvoll. Ich wollte auch wissen, was sich der alte Mann sonst noch ausgedacht hatte. An seiner Hose konnte man erkennen, dass er immer noch geil war.
Er stellte Gläser auf den Tisch und goss aus den Flaschen ein. Dann setzte er sich neben mich und wir stießen an. Ich schwitzte immer noch wie ein Pferd und wischte mir mit dem Hemd das

Gesicht ab. Er starrte auf meinen entblößten Bauch und leckte sich mit der Zunge über die Lippen. Dann zog er seine Jacke aus und öffnete den oberen Knopf. Ich saß direkt neben ihm und wir unterhielten uns über alte Zeiten. Er hatte wirklich viel zu erzählen und es waren lustige Geschichten, die uns beide zum Lachen brachten . Irgendwann legte er seine Hand wieder auf meinen Oberschenkel. Ich tat so, als würde ich nichts bemerken. Er fing an, mit seinen Fingerspitzen über mein Bein zu krabbeln. Ich war sowieso schon geil... Mann oh Mann. Ganz vorsichtig schob er seine Hand noch ein wenig weiter nach oben. Ich plapperte und redete weiter mit ihm. In seinen Augen war ein Funkeln. Jetzt erreichte seine Hand meine dicke Schwanzbeule. „Herr Schmitz, was machen Sie da?" Ich fragte. Erschrocken zog er seine Hand zurück, aber ich fing sie auf und legte sie direkt auf meinen bepackten Schwanz. „Warum aufhören… es gefällt mir", sagte ich lächelnd zu ihm. Jetzt wurde er mutig. Er drehte sich zu mir um und massierte den Jeansstoff mit seiner ganzen Hand. Man merkte, dass es ihm gefiel. „Hmm, warten Sie mal, Herr Schmitz. Ich werde das Ganze etwas einfacher machen. Ich denke, das liegt in Ihrem Interesse", sagte ich zu ihm.

Dann stand ich auf und zog meine Jeans und mein Hemd aus. Er sah ein wenig überrascht aus, aber auch sehr lüstern.

Ich setzte mich wieder neben ihn und zog ein Bein etwas an. Er zögerte einen Moment, dann griff er erneut mutig nach meiner Tasche. Man konnte sehen, dass ich einen riesigen Ständer unter meinem Höschen hatte. Er begnügte sich damit, eine Weile meine Eier zu streicheln. Seine Hand zitterte leicht vor Aufregung. Dann griff er plötzlich durch das Hosenbein in mein Höschen. Ich stöhnte. Er hatte den Schaft nun fest in seiner Faust und wichste mich... langsam und mit Vergnügen. Das konnte nicht lange anhalten und ich zog auch mein Höschen aus. Er war aufgeregt und bat mich, zu ihm zu kommen und mich vor ihn zu stellen. Gesagt, getan, ich stand nackt vor ihm. Inzwischen hatte er seinen Hosenschlitz geöffnet und seinen großen alten Schwanz herausgezogen. Er stand halb steif in der Tür. Er streichelte meinen Körper mit seinen Händen und zwickte meine Brustwarzen . Dann konzentrierte er sich wieder auf meinen Schwanz. Er wichste es und knetete meine Eier. Dann packte er mit beiden Händen meine Arschbacken und zog mich zu sich. Er sah zu mir auf und nahm dann meinen Ständer in den

Mund. Ich stöhnte und zwickte meine eigenen Brustwarzen. Ich schob meinen Arsch nach vorne zu ihm. Und zuerst hat er nur gelutscht, dann hat er mit seinen Lippen meine Vorhaut zurückgeschoben und dann an der Eichel gelutscht. Ich hätte nicht gedacht, dass so ein alter Herr so scheiße sein könnte. Er wurde immer stürmischer und saugte den Schwanz tief in seinen Mund. Er konnte es vollständig schlucken, ohne zu würgen.

Seine Fingerspitzen spielten mit meinem Arschloch. Jetzt packte er mein Becken und zog mich herum. Dann schob er mich sanft nach vorne und ich stützte mich auf dem Wohnzimmertisch ab. Er legte seine großen Hände auf meine Wangen und knetete sie. Dann schob er seine Beine ein wenig zur Seite. Ich tat gehorsam, was meine Hände befahlen. „Was für ein geiler Arsch, mein Junge... früher hätte ich dich hart gebumst und die Scheiße aus dir herausgefickt!" er sagte. Es ist großartig, ihn so sprechen zu hören, einen so angesehenen Mann. „Ich werde jetzt deine Fotze lecken, du kleines Schwein" kam als nächstes und du konntest sofort spüren, wie seine Zunge mein Loch umkreiste. Seine Hände zogen meinen Arsch auseinander. Er leckte und saugte und ich stöhnte

vor Vergnügen. Hin und wieder zog er meinen Schwanz hart hinter mich und leckte ihn. Das ging eine Weile so weiter, meine Beine waren kurz davor nachzugeben, ich war so geil.
Der Druck war deutlich zu spüren, als er seinen Finger in meinen Arsch drückte. Er hat mich damit gefickt und ich gehorchte. Mit den Fingern seiner linken Hand hatte er einen Ring um meine Eier geformt und zog sie kräftig nach unten. Ich habe es genossen. Mein Gott, Opa war geil... eine Sau vor dem Herrn. Ich hatte jetzt meinen Kopf auf den kalten Tisch gelegt, mein Hintern streckte sich ihm entgegen. Ich wünschte so sehr, dass er mich einfach hart ficken würde. Er zog seinen Finger aus meinen Eingeweiden und tat kurz darauf etwas anderes. Es war dicker und härter. Ganz langsam schob er das Ding durch meinen Schließmuskel. Ich stöhnte und wimmerte... es tat weh, aber es war auch geil. Es tropfte von meinem Schwanz herunter. „Ich wusste, dass dein Arschloch mehr als einen Finger aushält. Komm schon, du geiles Schwein, schieb es! Ich tat, was mir gesagt wurde, und was auch immer es war, schob es mir in den Arsch.
Er war zufrieden und schob ihn hin und her... und fickte damit mein Loch. „Also du kleine

Fotze, dreh dich um, knie nieder und lutsche meinen Schwanz!" Diesem Befehl folgte ich gehorsam. Ich drehte mich um. Sein Gesicht strahlte und seine Augen funkelten gierig. Ich fiel auf die Knie, der Teil in meinem Arsch tat weh und machte mich noch schwächer. Er rutschte auf dem Sofa nach vorne und öffnete Gürtel und Knopf. Dann hob er seinen Hintern und ließ mich seine Hose ausziehen. Er spreizte die Beine und sein Schwanz ragte halbsteif aus einem Büschel grauer Haare hervor. „Komm schon, Stute, lutsch!" dieser Befehl wäre nicht nötig gewesen. Ich legte meine Arme auf seine Schenkel und leckte das wirklich riesige Ding ab. Es waren mehr als 20 cm und eine wirklich enorme Größe zum Verdauen. Ich schob die Vorhaut zurück und nahm ihn in meinen Mund. Sein Geschmack war unglaublich, deutlich nach Pisse und Schweiß. Er stöhnte angenehm. Ich fing wie befohlen an, seinen Schwanz zu lutschen. Mein Mund war fast mit dem Schwanz gefüllt. Er rutschte noch etwas weiter nach unten und spreizte seine Beine ganz weit, er hätte nicht gedacht, dass so ein alter Mann das schaffen könnte.

„Jetzt Fotze, leck dir erstmal mein Loch und vergiss die Eier nicht!" noch eine Anweisung.

Ich duckte mich tiefer und sah das Arschloch, das leicht geöffnet war. Wieder begann ich gehorsam seine Befehle auszuführen. Ich leckte das Loch und begann dann zu saugen. Das gefiel ihm. Er streichelte meinen Kopf und plapperte Obszönitäten. Meine Zunge konnte weit in seinen Darm hineingleiten, der Schließmuskel leistete kaum Widerstand. Ich leckte, saugte und saugte und hörte ihn begeistert johlen. Um die Sache noch besser zu machen, hatte ich seinen Schwanz fest in meiner rechten Hand und wichste ihn. Sein Loch zuckte... als ich meinen Finger hineinstecken wollte, schrie er mich an: „Hallo Fotze, du bist die heiße schwule Schlampe hier und du wirst gefickt. Du musst mir dienen... also bleib." weg!" Ich dachte, wie schade und lutschte an den langen hängenden Bällen. Ich liebe alte Säcke, wenn sie schön hängen.

Dann wieder das Loch... dann wieder die Bälle. Ich leckte, als ob nichts anderes übrig wäre. Das ging eine Weile so weiter, er streichelte meine Haare und grunzte vor Vergnügen. Dann zog er mich hoch „Komm schon…schluck!". Sein Schwanz verschwand wieder in meinem Mund. Ich habe ihn hart gelutscht und er wurde etwas härter, aber zum Ficken würde es wahrscheinlich nicht reichen. Ich fickte ihn mit meinen Lippen und plötzlich drückte er meinen Kopf nach unten. Der Schwanz glitt viel zu tief in meine Kehle und ich musste würgen. Dann ließ er wieder los und wiederholte das Spiel kurze Zeit später noch einmal.

Ich würgte und der Speichel floss in Strömen. Das ist mir mehrmals passiert und ich dachte, ich müsste kotzen. Irgendwann hörte er auf. „Also, jetzt beende es und denk daran, gut zu schlucken!" Ich nickte mit seinem Schwanz in meinem Mund. Und fing an wie verrückt zu saugen. Sein Stöhnen wurde immer lauter, immer wieder unterbrochen von Ja... Ja... Ja... Rufen. Ich saugte wie besessen und dachte, es würde nicht funktionieren. Dann war es soweit. Er schoss es ... und wie dick und cremig es herausschoss. Eine große Menge, die ich nicht schnell genug hinunterbekommen konnte, während das Ding immer noch in meinem Mund spritzte. Er hielt meinen Kopf und drückte ihn auf seinen Schwanz... und er brüllte wie ein erstochenes Tier. Ich dachte, ich würde an dem Saft ersticken und konnte ihn nicht ganz zurückhalten, ein Teil davon lief mir aus den Mundwinkeln. Nach 4-5 Schüben war er endlich fertig ... und ich dachte nur: Gott sei Dank!

Natürlich musste ich es sauber lecken, aber das war wirklich das kleinste Problem. Ich hatte das Gefühl, mein Hals wund zu sein und ich hätte zu viel gegessen. Ich rülpste und es schmeckte nach Sperma... Bullensperma! Er saß auf dem Sofa und lächelte glücklich und zufrieden. Erschöpft setzte ich mich auf das Sofa und bemerkte das Ding in meinem Arsch erneut. Ich musste mich wieder vor ihn stellen, mich bücken und er riss es mir unter meinem Schrei mit einem Ruck aus der Fotze. Natürlich musste ich es vor ihm sauber lecken. Es handelte sich um einen selbstgebastelten Holzstecker, denn der gute Herr Schmitz war früher Tischler und hat einige davon hergestellt. Er gab es mir. Eine halbe Stunde später saß ich wieder in meinem Auto, bereichert um ein paar Erlebnisse, 150 DM und einen Holzstecker. Den Rest des Abends musste ich sein Sperma immer wieder ausstoßen... na ja... und jedes Mal grinsen. Als ich ins Bett ging, holte ich mir einen runter und spritzte mir selbst ins Gesicht... ach ja... da steckte ein Stück Holz in meinem Arsch

DER KEGEL-ABEND

Du und ich sind seit ein paar Monaten zusammen. Eines Tages fragst du mich, ob ich Lust auf einen Bowlingabend mit dir und deinen Freunden hätte. Natürlich stimme ich gerne zu. Wenig später sitzen wir alle gemeinsam an einem großen Holztisch in der Kegelbahn. Ich sitze neben dir, ganz nah an dich gekuschelt, während du mit deinen Freunden sprichst. Während ich so tue, als würde ich aufmerksam zuhören, kann ich nur an deinen geilen Schwanz denken. Ohne zu zögern streichle ich sanft und unbemerkt deinen Schritt. Du siehst mich nicht an, aber ich merke, wie geil es dich macht. Während du also weiter mit deinen Freunden chattest, öffne ich deinen Hosenschlitz und schiebe meine kleine Hand in deine Hose. Durch meine Unterwäsche fange ich an, deinen Schwanz langsam, aber kräftig zu reiben. Es ist dir offensichtlich unangenehm, wenn ich dir vor deinen Freunden einen runterhole. Nun steht die Person vor Ihnen auf. So das ist fertig, du nimmst schnell meine Hand aus deiner Hose und gehst vorwärts. Niemand außer mir hat deine Beule in deiner Hose gesehen und ich muss leicht lächeln . Als du zurückkommst und dich schnell wieder neben mich setzt, flüstere ich dir ins Ohr, wie nass, nein, wie nass ich bin. Ich stehe auf und gehe zur Toilette. Als ich kurz zurück zum Tisch schaue, sehe ich, dass du aufstehst und mir folgst. Ich fange an zu grinsen und schaue schnell, ob noch jemand auf der Toilette ist, ziehe dich schnell in eine Kabine und fange sofort an, dich wild zu küssen. Du drückst mich gegen die Wand und knetest meinen engen kleinen Arsch , während ich dir einen langanhaltenden Zungenkuss gebe. Wenn du anfängst, meinen Hals zu küssen, bin ich überwältigt und habe einen starken Orgasmus. Ich greife mit meiner Hand in dein zerzaustes Haar und drücke dich auf die Knie. Du verstehst sofort, was ich von Dir will und ziehst meine Leggings samt Tanga runter und vergräbst sofort Dein Gesicht zwischen meinen Beinen. Ich spüre, wie deine Zunge durch meinen Spalt gleitet und um meinen Kitzler tanzt. Laut stöhnend schiebe ich deinen Kopf noch tiefer zwischen meine Beine. Du fickst jetzt mein enges Loch mit deiner Zunge und saugst mir förmlich den Saft aus der Muschi. Ich bekomme noch 2 weitere Orgasmen, bevor ich dich wegstoße und mit wackeligen Beinen vor dir stehe. Doch nun willst auch Du zufrieden sein und schaust mich fordernd an. Ich verstehe dich und öffne gekonnt deine Hose und ziehe sie samt Unterwäsche herunter. Dein halbsteifer Schwanz springt mir entgegen und ich nehme ihn in meine kleine Hand. Selbst im halbsteifen Zustand ist es mindestens 16 Zentimeter groß. Wenn ich deinen Schwanz vor mir sehe, wird meine Muschi noch heißer. Ich nehme ihn schnell in den Mund und lecke die Lusttropfen von deiner Eichel. Ich fange langsam an zu saugenund wichs deinen Schwanz zur Seite. Irgendwann werde ich alles in meinen Mund nehmen und dir die Kontrolle überlassen. Du nimmst meine beiden Zöpfe in deine Hand und fängst langsam an, meinen Mund zu ficken. Während ich spüre, wie dein Schwanz länger und härter wird, fange ich an, mich selbst mit meinem Zeige- und Mittelfinger zu fingern und meine Klitoris mit meinem Daumen zu reiben. Währenddessen rammst du mir ständig deinen Schwanz in den Hals und benutzt mich wie eine Sexpuppe. Ich spüre, wie dein Schwanz anfängt zu zucken und ich weiß sofort, was das bedeutet. Ich entkomme schnell deinem Zugriff. Schließlich möchte ich immer noch Spaß haben. Also stehe ich auf, drehe mich um und beuge mich nach vorne zur Tür. Ohne lange zu warten, rammst du deinen Schwanz unerwartet bis zum Anschlag in mich hinein. Ich quietsche kurz und zucke nach vorne. Du bleibst einen Moment in mir, um dich an meine enge Muschi zu gewöhnen, und fängst dann an, dich schnell zu bewegen

MEIN ERSTER ARSCHFICK

Er war eine Macht – aber er war viel zu sehr ein Gentleman, um mich an den vielen Abenden, die wir zusammen verbrachten, zu verführen. Ich habe mich auch nicht getraut, ich dachte, ein Mädchen würde das nicht tun.

... Ich glaube, ich bin die Hübscheste in unserem Unternehmen, von etwa 300 Frauen. Mit meiner Körpergröße von 1,60, meinem dunklen Teint und meinem durchtrainierten Körper, meinen kleinen Apfelbrüsten und meinem harten Knackarsch ziehe ich die Aufmerksamkeit der Männer auf mich.

Irgendwann wandte sich der Typ namens Tom von mir ab ... und landete bei der zweitnettesten Person in der Firma. Also habe ich mir einen Trick ausgedacht... Ich weiß nicht, was die andere Frau sexuell zu bieten hat - ich wollte alles machen...

Also lud ich ihn unter einem Vorwand zu mir nach Hause ein und besprach zunächst ein ernstes berufliches Thema mit ihm.

Dann ging ich ins Badezimmer, zog mich aus und setzte mich im Doggystyle vor die Wanne.

Ein paar Tage zuvor hatte ich für meinen Po das Gleitgel „Slick and Slide" gekauft , das ich dann auf meinen Mittelfinger träufelte und ihn langsam durch den äußeren Schließmuskel meines Po schob.
Ein lautes Stöhnen entfuhr mir, als ich den inneren Ring harter Muskeln traf ...
Ich dachte, Tom sollte es aufklären – und so rief ich ihn an ...
Er öffnete die angelehnte Tür und blickte auf meinen Hintern, in dessen öliger Rosette mein Mittelfinger steckte, und blieb wie angewurzelt stehen.
Ich sagte; „Ich möchte, dass du meinen Arsch fickst". Normalerweise rede ich nicht so, aber ich habe es so in einem Pornofilm gehört und ich denke, es macht Männer an. Und rechts...
...Er zog sich aus und ich sah, wie sein Ständer herausragte – mein Gott, dachte ich, der ist viel zu groß für mein kleines Arschloch.
Er zog sanft meinen Finger aus meinem Hintern und nahm die Flasche Gleitmittel und ein Handtuch. Er säuberte mein Arschloch sanft trocken, schnippte dann mit seiner Zunge um den hinteren Lusteingang und drückte sie dann, indem er meine Wangen fest auseinanderzog, hinein – das war cool ...

Dann legte er endlich seinen eingeölten Finger auf mein Arschloch und drückte ihn bis zum ersten Widerstand. Während er mit der anderen Hand meine Klitoris neckte, wartete er, bis sich das innere Tor ganz leicht öffnete. Nun fuhr er langsam – Millimeter für Millimeter – in meinen Darmkanal und tropfte immer wieder etwas Öl in meine Arschöffnung. Ich spürte, wie das Öl in meinen Darm eindrang und mich tief in mir benetzte, fühlte, wie sein Finger die Innenwand meines Darms streichelte und mich immer geschmeidiger machte, fühlte, wie er plötzlich einen zweiten Finger in die enge Öffnung drückte und meinen ersten heißen Analbereich erreichte Orgasmus, von dem ich annahm, dass er gar nicht existierte.

Er zog langsam seine beiden Finger aus meinem engen Loch und platzierte seinen pochenden harten Ständer auf dem Arschloch. Als seine Eichel eindrang, dachte ich, mir würde ein Tennisball reingeschoben und ich schrie – ich geriet in Panik – ich wollte alles zulassen, aber nicht dieses

Riesiger Ständer in meinem Arsch... es würde mich zerreißen.

Aber Tom ließ sich nicht beirren – er blieb in dieser Position und drängte erst nach vorne, als ich auch den Innenring entspannte. Langsam glitt er tiefer – ich konnte ihn jetzt tiefer in meinen Eingeweiden spüren, als jeder Finger hätte eindringen können, aber seine Reise in mein Innerstes war noch nicht zu Ende

Ich habe versucht, nach vorne zu rutschen – er war zu viel für mich – aber da war die Wanne – also spannte ich meinen Schließmuskel an – versuchte, seinen riesigen Schwanz aus mir herauszudrücken, aber ich erreichte genau das Gegenteil – er stöhnte vor Vergnügen und sein Schwanz war immernoch wachsend

machte weiter und drückte sich weiter in meinen Arschkanal….

Der anfänglich unglaubliche Dehnungsschmerz wich einem aufkeimenden Vergnügen – diesem Gefühl des Füllens bis zum Platzen, dieser Reibung bis in die Tiefe, die ich mir in meinen Träumen noch nie vorgestellt hatte, und die Gefühle, die sie erzeugte, waren nicht einmal mit einer Vaginalmassage zu vergleichen Scheiße

Ich hatte einen unglaublichen Orgasmus. Als er bis zu seinen Eiern in meinem Arschloch steckte, drehte er sein Becken und schlug mit der harten Spitze seines Schwanzes auf meinen G-Punkt und rieb sanft meine Klitoris mit seiner Hand, wobei er bis unter meinen Bauch reichte. Mein

Lustsaft spritzte aus meiner Muschel und ich hatte den heftigsten Höhepunkt, den ich je erlebt hatte.

Dann hörte ich ihn sagen: „Jetzt bin ich dran" und ich dachte, er würde sich heiß in mir entladen – nein – er zog seinen harten Schwanz zurück, bis nur noch die Eichel meinen Hintern streckte und drückte ihn wieder hinein – zog ihn zurück und drückte wieder rein und meinen Arsch gepflügt und gefickt und gefickt..

Ich betete, dass er jetzt endlich kommen würde, aber er sagte: „Gib mir noch ein bisschen Zeit… " und zog nun seinen Ständer komplett aus mir heraus. Ich bemerkte, wie sich mein geweitetes Arschloch sofort wieder zusammenzog, aber sobald es geschlossen war, drückte er wieder auf deinen Schlauch

durch den engen Ring, glitt bis in meinen Darm hinein und zog ihn dann wieder vollständig heraus. Er sah wieder zu, wie sich mein Darmkanal schloss, damit er seinen Ständer wieder ganz in mich hineintreiben konnte. Auf diese Weise hat er mich wieder gefickt und erreichte erneut seinen Höhepunkt, dann wurde er schneller, sein Atem flog, sein Schlauch begann in mir zu zucken und ich dachte, er spritzt noch nicht in meinen Darm, als ich spürte, wie der erste Strahl seiner heißen Lava tief in meinen Darm schoss , gefolgt von unzähligen weiteren Entladungen.

Er ließ sich auf mich fallen und ließ seinen Schlauch einfach in meinem Arsch und ich spannte nun mein Arschloch heftig an, entspannte es wieder und wollte ihn so abmelken. Sein Schwanz wurde wieder härter und er fickte erneut wie ein Besessener meinen engen Arschkrater, bis er noch einmal tief in meine Eingeweide spritzte. Dann duschte er und ging wortlos davon. In den nächsten Tagen fühlte sich mein Hintern an wie gequetscht – an Sitzen war nicht zu denken. Ich hoffe, dass er heute noch davon träumt, was ich damals zugelassen habe, um ihn für mich zu gewinnen.

FANTASTISCHER HOTELAUFENTHALT

… es war bereits 22 Uhr, als ich im Hotel ankam.

So freute sich Joe dieses Mal über das Angebot, das ihm das hübsche, blonde Mädchen an der Rezeption machte, dass er, wenn er wollte, trotzdem im Hotelrestaurant essen könne, und sie würde es der Küche mitteilen.

Sie hatte diesem Stammgast schon so oft das Angebot gemacht, aber bisher hatte er jedes Mal abgelehnt. Jedes Mal sah sie enttäuscht aus. Er war seit zwei Jahren Stammgast im Hotel ihrer Eltern und sie hatte sich schon lange gewünscht, mit ihm eines Tages auswärts essen zu gehen. Einer Kellnerin, mit der sie im Hotel zusammengearbeitet und gelebt hatte, hatte sie bereits von ihm geschwärmt, und so einigten sie sich. Nilüfer, die Kellnerin, sollte den Gast begeistern und wenn sie es dann schaffte, in sein Zimmer zu gelangen, sollte sie es ihr sagen und sie würde sich ihnen anschließen.

Er machte sich schnell frisch und stürmte ins Restaurant, sah sich um und stellte fest, dass er der einzige Gast war.

Eine zierliche, südländische Schönheit, rehbraune Haut, schwarze Augen und ebenso schwarzes Haar, in einem klassischen Kellnerinnenkostüm, begrüßte ihn mit einem strahlenden Lächeln. „Ich habe auf dich gewartet, hier ist die Karte. Möchtest du zuerst hineinschauen oder kann ich dir etwas zu trinken bringen?"

„Wow", dachte sie, „das ist süß – jetzt verstehe ich Beate, das will ich auch…"

Sie wohnte seit zwei Jahren in einem kleinen Zimmer im Nebengebäude dieses Ausbildungshotels, das einer renommierten Hotelfachschule angegliedert war, und sehnte sich danach, endlich wieder Sex zu haben. Die Tochter der Besitzer, Beate, hatte sie gerade in ihren Plan eingeweiht. Sie waren wirklich sehr enge Freunde, sie hatte Beate, obwohl sie acht Jahre älter als ihre 20er Jahre war, in die Geheimnisse der Liebe zwischen Frauen eingeführt und genoss ihre gemeinsamen Stunden, in denen sie sich gegenseitig streichelten und Liebesspielzeuge benutzten, die alle Körperöffnungen einführten und erlebte

immer große Höhepunkte. Sie liebte Beates
weiblichen Körper, ihre großen, festen Brüste,
ihre schmale Taille und ihren runden Apfelpo .
Da sie beide fast gleich groß waren, war Beate
eindeutig weiblicher als sie.
Doch offenbar schien der Gast dennoch Gefallen
an ihr gefunden zu haben, denn bei ihrem
Anblick wurde ihm sofort die Kehle trocken:
„Bitte, bring mir zuerst ein Bier", krächzte er.
Sie lachte vor sich hin, als sie wegging und dabei
aufreizend mit dem Hintern wackelte. Sie
wusste, dass die Schleife, die die kurze
Kellnerschürze zusammenhielt, ihre schmale
Taille und die Bewegung ihres kleinen, runden
Gesäßes betonte, die unter dem engen, kurzen
Rock sichtbar waren, und sie spürte, dass der
Blick des Gastes auf sie gerichtet war.
Um den Kellner nicht zu lange aufzuhalten,
wählte Joe schnell etwas Kleines aus der
Speisekarte und äußerte seinen Wunsch, als sie
mit seinem Bier zurückkam.
Er ließ sich seinen Verbrauch aufs Zimmer
schreiben, gab Nilüfer, wie ihr Name schon
sagte, drei Euro Trinkgeld und wünschte ihr eine
gute Nacht.
Begeistert von den Eindrücken im Restaurant
duschte er kurz und wollte gerade seine Sachen

für den nächsten Tag vorbereiten, als es an seiner Tür klopfte.

Mit nur einem Handtuch, das er sich hastig um die Hüfte gewickelt hatte, öffnete er die Tür einen Spalt und blickte in Nilüfers schwarze Augen. „Habe ich etwas vergessen?" fragte er verwirrt. Sie strahlte ihn an, antwortete: „Ja, ich…", drückte die Tür auf und schob sich an ihm vorbei in sein Hotelzimmer.

Sie ging zielstrebig auf den Sitzbereich im hinteren Teil des Raumes zu, warf ihre große Handtasche auf einen Sessel und drehte sich zu ihm um. Sie zog langsam ihre weiße Bluse aus ihrem Rock, knöpfte sie auf und zog sie aufreizend aus. Das Handtuch spannte sich unter dem Druck seines erigierten Penis, woraufhin Nilüfer schelmisch kommentierte: „… es braucht etwas Platz…" Die weiße Spitze ihres BHs hob sich deutlich von der gebräunten Haut ab.

Sie trug nur ihren weißen BH, den schwarzen Rock und die Schürze, lachte und forderte Joe auf, sich auf das Bett zu setzen und sie zu beobachten.

Natürlich gehorchte er dem charmanten Befehl – wie könnte er anders?

Nilüfer öffnete den Reißverschluss ihres Rocks und zog ihn nach unten, bis er von selbst auf den Boden rutschte und sie herausstieg.
Durch ihre weiße Schürze vor Blicken geschützt, zog sie ihr Höschen herunter und warf es Joe ins Gesicht. Er ergriff den kleinen weißen Tanga und atmete ihren berauschenden Duft ein; sie schien frisch geduscht zu haben.
Schließlich griff sie nach dem Verschluss ihres BHs, öffnete ihn und ließ ihn auf den Stuhl fallen. Hübsche, kleine Brüste mit kleinen braunen Warzenhöfen und erigierten Brustwarzen kamen zum Vorschein... er spürte den Puls in seinem Penis hämmern...
Sie kam zum Bett, nur mit ihrer Schürze bekleidet, und drehte Joe ihren wunderschönen kleinen, runden Apfelpo zu.
Sie flüsterte: „Jetzt kannst du die Schleife für mich öffnen.“
Joe stand auf, zog an einem Band, die Schleife fiel zu Boden, packte mit beiden Händen ihre kleinen, festen Brüste von hinten und begann, an ihrem Hals, ihrem Hals, zu knabbern. Sein Handtuch fiel herunter, sodass sie seinen Kolben an ihrem Rücken spürte, auf Höhe ihrer süßen Po-Grübchen, und sie drehte sich um und griff nach ihm. „...aber hallo“, platzte sie heraus, sank

auf die Knie und drückte ihn an seinen Bauch.
Sie atmete ganz sanft mit der Zungenspitze am
Schaft entlang, bis sie seine Eichel erreichte.
Nilüfer leckte den Kopf seines pochenden Penis
wie ein „Eis am Stiel", bis sie den Kopf in ihren
weit geöffneten Mund saugte und dort weiter mit
ihrer Zunge herumwirbelte, während sie ihm
direkt in die Augen sah.
Als Joe spürte, wie sein Saft aufstieg, zog er sich
aus ihrer heißen Mundhöhle zurück – er wollte
noch nicht kommen – er wollte dieser dunklen
Schönheit zuerst Vergnügen bereiten.
Nilüfer griff in ihre Handtasche, holte eine
Flasche Ipur-Gleitmittel und eine
Kondompackung heraus und legte sich auf das
Bett.
„Wow, du kennst dich aus", bemerkte Joe, als er
das Analgleitmittel sah und sich neben sie legte,
um ihren Körper sofort mit seinem Mund und
seiner Zunge zu erhitzen.
Nilüfer griff zum Telefon mit den Worten: „Ich
muss Ihnen noch mitteilen, dass ich jetzt mit der
Arbeit fertig bin" und wählte die Nummer der
Rezeption. Beate nahm den Anruf entgegen,
legte schnell den Hörer auf, meldete „Rezeption
nicht mehr besetzt" und schloss die
Hoteleingangstür ab.

Sie machte sich schnell auf den Weg zu Zimmer 202, wo sie ihren „Traummann" untergebracht hatte, dem einzigen Zimmer mit einem Kingsize-Bett und einer durchgehenden Matratze.

Sie öffnete leise die Tür mit ihrem Passezpartout-Schlüssel und schlich den Flur entlang ins Zimmer. Sie sah, wie Nilüfer auf dem Rücken lag, sich an den Haaren festhielt und sein Gesicht fest an ihre Scham drückte, hörte ihr Stöhnen und beobachtete, wie er, während er näher kam, ihre Freundin mit schnellen Zungenbewegungen um ihre Klitoris zum Höhepunkt trieb.

Sie legte ihre Handtasche leise neben das Bett, zog sich komplett aus und kletterte dann mit den beiden auf die Matratze. Joe zuckte zusammen und ließ seinen Blick an Beates Körper hinab und wieder hinauf wandern, dann lächelte er sie an und saugte an einer ihrer erigierten Brustwarzen zwischen seinen Lippen.

Erneut widmete er sich Nilüfers auslaufender Liebeshöhle, er leckte den austretenden Liebessaft auf und schnippte erneut an ihrer kleinen, prall gefüllten Lustperle. Nur ab und zu steckte er seine Zunge direkt in den Eingang ihrer kochenden Lusthöhle.

Beate schwang sich über Nilüfers Gesicht und beobachtete Joe, wie er mit seiner Zunge die Schamlippen ihrer Freundin bearbeitete und in sie hineinbohrte. Sie griff mit ihrer Hand nach Nilüfers Muschi, streichelte durch die nassen, kleinen Schamlippen und spreizte ihre Finger leicht, sodass Joe nun die geöffnete, fleischige rosa Muschi zwischen ihren braunen Schamlippen vor sich hatte.

Nilüfer begann sofort, die bereits nassen Schamlippen ihrer Freundin, ihren Muschieingang und ihre kleine rosa Rosette im Blickfeld zu lecken. Mit ihren Händen zog sie Beates pralles Gesäß auseinander und schob, während sie ihre Zunge zwischen ihren Schamlippen trällern ließ, ihre Nasenspitze in den schmalen Hintereingang, in den sie, wie sie wusste, noch nie einen Mann eingedrungen war. Sie liebte den Geschmack des reichlich vorhandenen Liebessaftes ihrer Freundin, ihren Duft, sog ihn eifrig ein, spürte, wie Beates Vaginalmuskeln zu zucken begannen und bohrte sich mit einem von ihren Säften und Speichel bedeckten Finger in ihren Hintern. Beate keuchte ihren ersten Höhepunkt aus und sie spürte auch, wie sich ihr Unterleib verkrampfte, nur um sich in der Orgasmuswelle wieder zu lösen, sie schrie ihren Höhepunkt förmlich in Beates Lusthöhle hinein...

Nilüfers Beine wollten sich schließen, sie drückten Joes Kopf, während er sie unvermindert weiter leckte, bis sie wild wurde.

Dann griff er nach Beate, zog sie von Nilüfers Gesicht weg und legte die junge Frau neben ihre Freundin. Er ließ ein paar Tropfen des Gleitmittels zwischen ihren großen Brüsten laufen, schwang sich über sie und drückte seinen harten Penis in das Tal dieser beiden Freudenkugeln, während Nilüfer die Brüste ihrer Freundin zusammenpresste.

Joe hatte schon lange keine Frau mehr mit so großen Brüsten gehabt, er musste es einfach wieder „spanisch" haben. Jedes Mal, wenn er mit seiner geschwollenen Eichel aus dem Tal kam, schnellte Beates Zunge heraus und leckte die Spitze seines Penis, oder Nilüfer saugte ihn in ihren heißen Mund und umkreiste ihn mit ihrer Zunge.

Er würde das nicht lange ertragen, erkannte Joe und zog sich zurück.

„Liebt einander, als ob ich nicht da wäre", forderte Joe und Nilüfer kletterte sofort über Beate, um die 69 zu machen, während sie quer über dem Bett lag.

Er warf zunächst einen langen Blick auf die
Frauen, während sie sich gegenseitig
verwöhnten, mit einer Gewissheit, die darauf
hindeutete, dass dies nicht das erste Mal war ,
dass sie miteinander Liebe machten.
Beates schlanker, aber üppiger weißer Körper
drehte sich unter den Liebkosungen ihrer
Freundin. Sie hatte ihre Beine weit gespreizt,
gehalten von Nilüfers Armen und bot so den
Blick auf ihre offene, auslaufende Vagina, deren
Schamlippen von geschickten Fingern
auseinandergezogen wurden und auf ihr kleines,
faltiges Poloch, über dem sich ihr Liebessaft,
vermischt mit dem Speichel ihrer Freundin,
befand , ist geflossen.
Joe brauchte sie nur zu fassen, knetete ihren
weiblichen, runden Hintern, ging auf die Knie,
leckte die Rosette bis zum Schambereich,
Nilüfers Zunge und seine Zunge trafen sich,
umkreisten einander und trennten sich wieder in
dem Willen, Beate das zu geben höchstes
Vergnügen.
Während sich Nilüfer wieder auf den Kitzler und
die zunehmend zuckenden Schamlippen
konzentrierte, richtete Joe seine Aufmerksamkeit
auf die enge Hintertür. Sanft streichelte er mit
der Zungenspitze über die Rosette, was einen

Schauer nach dem anderen durch Beates Körper jagte, bis er nun seine Zunge hineinbohrte und ihre Pobacken fest auseinanderzog.

Er hörte: „...ja, ..., cool, oooh..." und fickte schließlich den kleinen Muskelring mit seiner Zunge.

Dann stand er auf und ging auf die andere Seite. Er sah Beates Gesicht, eingerahmt von Nilüfers schlanken, braunen Beinen, wie sie mit ihrer Zunge die Liebesperle ihrer Freundin umspielte. Ihre Hände hielten ihr braunes kleines Gesäß gespreizt und sie fuhr ab und zu mit ihrem Daumen durch die Lücke und verteilte den Liebessaft.

Joe genoss den Anblick von Nilüfers braunem, mädchenhaftem kleinen Hintern und leckte zunächst ihren strammen, festen Hintern, durch ihre Ritze, und bohrte seine Zunge in ihren Fotzeneingang, ihre kleine, braune Rosette direkt vor seinen Augen. „Geh einfach zu meiner Handtasche und hol mir die Vibes...", flüsterte Beate.

Er griff hinein und war erstaunt, als er einen normal geformten Vibrator, einen schlanken Analplug und eine mit Silikon überzogene Analkugelkette mit immer dickeren Kugeln am Ende sowie ein daran befestigtes winziges

Analzäpfchen mit Vibrationsfunktion fand kurzes Kabel hatte seine Kontrolle.

Beate entschied sich für den Vibrator , als Joe ihr die Reichweite zeigte, führte ihn durch Nilüfers Lustritze, schaltete ihn ein und schob ihn langsam in ihre Vagina, während sie weiterhin ihren Kitzler leckte.

„Aaaah... Jetzt war es Beate, die auf Nilüfer lag, ihr weißer, praller, weiblicher Hintern ragte zwischen ihren Beinen hervor, der schwarzhaarige Kopf ihrer Freundin, die ihre Perle zwischen ihren Lippen gesaugt hatte.

Joe nahm das Analzäpfchen, schaltete es ein und drückte es zwischen Beates fleischige, von Liebessaft glitschige Schamlippen, zog es an der Schnur zurück und ließ es wieder in ihrer Höhle verschwinden.

Er biss ihr sanft ins Gesäß und massierte ihren Hintereingang, dann zog er das Zäpfchen aus der Vagina, machte es mit dem Gleitöl gleitfähig und bohrte es durch den Schließmuskel. Mit seinem Mittelfinger drang er in ihre Vagina ein, spürte die Vibration, massierte sie von innen und beugte dann seine Finger nach oben, sodass er das Zäpfchen durch die dünne Haut bewegte, die die vordere Lusthöhle vom Anus trennt.

Dank der liebevollen Behandlung ihrer Freundin kam Beate dem Orgasmus näher. Joe nahm die Analkugelkette, schmierte sie großzügig mit dem Gleitöl ein, holte das Zäpfchen heraus und schob die erste Kugel hinein. Ihr Unterleib begann zu zucken und er schob die nächste, etwas größere Kugel in das enge Po-Loch, das sich unter dem Penis weitete Druck und schloss sich dahinter wieder, nachdem die Kugel über der dicksten Stelle war. Ihre Freundin hatte ihr das so oft angetan, sie kannte den Schmerz beim Dehnen, das Gefühl, dringend auf die Toilette gehen zu müssen – und sie genoss es, wohlwissend, dass sie bald einen Mega-Orgasmus erleben würde. Der fünfte Ball, den Joe in Beates Hintertür schob, hatte bereits den Durchmesser eines Tischtennisballs, sie schrie und keuchte, als er endlich ihren Schließmuskel passierte. In ihrem Arsch waren es bestimmt noch etwa zwölf Zentimeter, doch Joe folgte mit der sechsten und letzten Kugel, die fast so groß wie eine Billardkugel war, und schob sie langsam hinein, während sie unter ihm tobte.

Der Ringmuskel war bis zum Zerreißen gedehnt und zeigte sich weiß unter der Haut, als er den riesigen Ball endlich passieren ließ. Sie ging nicht weit genug hinein, sodass das Po-Loch offen blieb.

Beate wimmerte, schrie, schrie und erreichte dank Nilüfers Zungenmassage den ersehnten Orgasmus, der sie zum Toben und Zucken brachte. Joe zog am Band und unter Spannung sprang eine Kugel nach der anderen aus ihrem Hintern, der wie ein gezackter Krater offen blieb. Er schnappte sich schnell ein Kondom aus der Packung, die Nilüfer mitgebracht hatte. Als er sah, dass es sich um HT-Kondome handelte, die besonders dickwandig und haltbar und somit für den Analverkehr gedacht waren, musste er schmunzeln. Ja, es würde etwas länger dauern, dachte er und rollte das Gummi über seinen Penis.

Joe fuhr mit der Spitze seines Zeigefingers über die gezackte Kante und massierte ihren sich langsam verengenden Anus von innen, bevor er eindrang und seine Eichel zwischen ihre Schamlippen legte, die mit Schaum aus Liebessaft und Gleitöl bedeckt waren.

Er glitt langsam hinein und spürte die Kontraktionszucken ihrer Vaginalmuskeln, die seinen Schaft umklammerten, massierte und fickte langsam, wobei er die gesamte Länge seines Kolbens nutzte.

„Nein, geh da nicht rein... das ist mein Liebesloch", beschwerte sich Nilüfer und Joe zog sich zurück. „Ja, bitte, fick mich da rein, bitte…" Joe hörte Beates Stimme und schob noch einmal hinein: „Ja, aaahrrrr, ..., ja, ja, arrrr, ...".
Nilüfers beobachtete von unten, wie sich Joes Penis in die Lustspalte ihrer Freundin drängte, ihn packte und herauszog, um ihn am anderen Eingang zu platzieren.
Er drückte seine Eichel in ihren Anus, der sich wieder vollständig geschlossen hatte. Nachdem seine dicke Eichel den Muskelring passiert hatte, glitt er langsam bis in die heiße Enge hinein. Er drückte seine Lenden gegen seinen runden, prallen Hintern und blieb, bis Beate sich an die Dicke und Länge seines Schwanzes gewöhnt hatte und dann in Zeitlupe zu ficken begann. Ganz langsam zog er seinen Penis zurück, bis seine Eichel den Muskelring nach außen zog und schob ihn wieder hinein, genauso langsam bis zum Anschlag, immer und immer wieder ...
Noch nicht von ihrem Orgasmus erholt, spürte Beate, wie sich ihr Unterleib erneut anspannte und ein weiterer Höhepunkt bevorstand, der sie nun überwältigte.

Der zitternde, zuckende Muskel am Po-Eingang, der Joes Schaft massierte, ließ seine Säfte trotz des gefühlmindernden Kondoms aufsteigen. Langsam, um nicht abzuspritzen, zog er seinen Penis heraus und ersetzte ihn durch den Penis-ähnlichen Vibrator, den er aus Nilüfers Vagina zog.

Er bewegte die gesamte Länge des vibrierenden Luststabs in Beates Arschloch und grub sich in ihre Tiefen. Sie warf den Kopf zurück, keuchte und tobte, zuckte und schrie: „Oooh, Gott,…, arrrrr…, aah, ooohh, …", rollte sich von ihrer dunklen Freundin weg und brach erschöpft auf dem Rücken liegend zusammen.

Nilüfer stand auf und griff nach Joes hartem, wippenden Penis, zog ihn zu sich, entrollte das Kondom und warf es achtlos auf den Boden. „… beni sikmek…, …beni itmek, …beni sevismek…", hauchte sie und lachte ihn an: „Sana yalvar?yorum". Sie beugte sich vor und leckte seine klebrige Eichel, schmeckte den Liebessaft ihrer Freundin und übersetzte ihre Worte auf Türkisch , während sie in sein fragendes Gesicht sah: „Fick mich, schubs mich, liebe mich, ich flehe dich an" und lutschte und steckte dann seine hinein Penis in seinem Mund.

Joe legte sich aufs Bett und bat die dunkle Schönheit, ihn zu reiten. Nachdem sie ein neues Kondom über seine Lanze gerollt hatte, schwang sie sich über ihn, führte seine Eichel zu ihren kleinen Schamlippen und ließ sich langsam hinunter. Sie öffnete ihre Augen und schrie, als Joes Penis sie dehnte, es tat so weh, dass sie spürte, wie sein Schwanz in ihr glitt. Er spürte, wie eng sie war, enger als einige der Arschlöcher, in die er gedrängt hatte, spürte ihre Hitze, ihren nassen Griff und lag völlig regungslos da.

Er streichelte zärtlich ihre kleinen braunen Brüste und rieb sanft die harten kleinen Brustwarzen, während sie weiter an seinem Rumpf entlang glitt. Als sein Schaft etwa zur Hälfte eingegraben war, schrie sie erneut: „Asiri!!! ...zu tief!!!" und wollte wieder aufstehen, aber Joe zog sie nach vorne und drückte sie am Gesäß an sich. Er umkreiste sanft sein Becken und fickte sie leicht, immer nur bis er ihren Gebärmutterhals traf. Er streichelte gerade mit einem Finger ihren verzogenen Hintereingang, um sie ein wenig von dem vermeintlichen Dehnungsschmerz abzulenken, als er plötzlich spürte, wie Beates Zunge mit seinem Finger und dem Anus ihrer Freundin spielte.

„…tatmin etmek,…, evet, …, beni yalamak,… " (…befriedige mich, ja, leck mich…), schrie Nilüfer, als sie von einem Höhepunkt heftig geschüttelt wurde und Joe in die Brust biss, wodurch diese leicht blutete.

Er zog seinen Penis aus der pulsierenden Hitze und schob sich unter dem Mädchen hervor, manövrierte sie so, dass er sie von hinten nehmen konnte, schmierte ihre Pospalte und bohrte seinen Mittelfinger in ihr enges Arschloch. „Evet, …, evet, ja.

Viel enger als der Po-Eingang ihrer Freundin spannte sich der Schließmuskel um Joes Finger. Nilüfer verzog vor Schmerz das Gesicht, war aber durch Beates liebevolle Behandlung abgelenkt.

Sie streichelte die tropfenden Schamlippen ihrer Freundin, spielte mit einem Finger um ihre Klitoris und biss sanft in ihr kleines Gesäß.

Mit der anderen Hand fuhr sie über und unter den schlanken Körper des Mädchens und massierte ihre kleinen Brüste, ihren Hals, alles, was sie erreichen konnte.

Joe drehte seine Hand, ließ seine massierenden Finger in ihr kreisen, machte sie immer geschmeidiger und platzierte dann seine Eichel auf dem leicht geöffneten Po-Loch.

„Dort kriegst du ihn nie rein", sagte Beate, die wusste, wie sich Joes Penis in ihrem Hintereingang angefühlt hatte und wie seine Größe ihr zunächst Schmerzen und später Lust bereitet hatte.

Er wollte sich gerade wieder zurückziehen, als Nilüfer rief: „Evet,..., sikmek benim popo, ...ja, fick meinen Hintern,..." und er startete seinen Kolben erneut.

Das kleine Po-Loch öffnete sich langsam und er drückte seine Eichel Millimeter für Millimeter hinein. Für Nilüfer fühlte es sich an, als ob ein Tennisball in sie hineingestoßen worden wäre.

Sie zuckte zurück und wollte dem riesigen Eindringling ausweichen, doch Beate hielt sie fest und zog ihr Gesäß noch fester auseinander.

Sein Penis schob sich unter dem ständigen Winseln des Mädchens immer weiter vor, bis er halb in ihr war und dort wartete, bis sich auch das innere Tor entspannt hatte.

Der Hintern des Mädchens umklammerte seinen Penis schmerzhaft fest; Er merkte, dass der harte Griff ihm das Blut aus dem Schaft pressen würde, wenn er nicht langsam mit den verdammten Bewegungen anfing. Bis seine

Eichel den Muskelring des Mädchens streckte und sie aufschrie, zog er seinen Schwanz aus ihrem engen Krater und schob ihn langsam wieder hinein.

Jedes Mal ging er ein wenig tiefer, bis er schließlich ganz in diesen schönen kleinen Hintern eindringen konnte. Nilüfer fühlte sich, als würde sie aufgespießt; Die Tiefe des Kolbens in ihrem Magen verursachte ihr zusätzlich zu den Schmerzen Übelkeit. Aber sie wollte es ertragen, sie hatte gerade gesehen, wie ihre Freundin die ganze Länge der riesigen Stange nahm, auch sie wollte den Höhepunkt der Lust erreichen. Dennoch hatte sie das Gefühl, als würde sie zusammenbrechen.

Sie hatte das Gefühl, dass Beate sich wieder unter sie gelegt hatte, genoss es, wie ihre Freundin erneut ihre Lustspalte leckte, und konzentrierte sich darauf, um vom Schmerz abzulenken.

Sie spürte die Reibung seiner Stange in sich, die Gefühle, die sie hervorrief, waren unbeschreiblich, als er langsam das Tempo erhöhte und immer fester in sie rammte. Sie hörte seine lustvollen Geräusche, wusste, dass es auch bei ihm endlich bald kommen würde – und kam mit solcher Wucht, dass es ihr schwarz vor

Augen wurde. Zuckend schob Joes Penis aus ihrem Hintern, eine schmerzhafte Leere entstand in ihr, sie keuchte, jaulte, stöhnte, schrie, halb auf Türkisch, halb auf Deutsch, während Beate an ihrer Klitoris saugte.

Nilüfer befreite sich, drehte sich um, drückte Joe auf den Rücken und stürzte sich mit seinem Kopf zwischen ihren Beinen auf seinen Penis. Sie riss das Kondom ab und saugte die Kugel weit zwischen ihren Lippen hindurch, in ihre heiße, feuchte Mundhöhle, während Beate, die hinzugekommen war, abwechselnd seine Hoden einsaugte und einen schlüpfrigen Finger in seinen Hintern steckte.

Der Anblick der erweiterten rosa Rosette im braunen, kleinen Po, die wie der Eingang zur Vagina unaufhörlich zuckte, der Hände, die seinen Schaft rieben, der heißen Münder, die an seinem Penis saugten, der Finger, die seine Prostata massierten, verließen ihn damit wird unerwartete Gewalt einhergehen.

Joe spürte, wie sich seine Lenden zusammenzogen, sein Magen zu brodeln begann und er spürte, wie er zum ersten Mal in seine heiße Mundhöhle spritzte. Er wusste nicht, welche Lippen ihn umgaben, waren es Nilüfers oder Beates, die abwechselnd an seinem zuckenden Penis saugten.

Als er es nicht mehr aushielt, drückte er sich aus dem Laderaum, sein schlaffer Penis glühte.

„Wie fühlt es sich an, wenn du deinen Samen in meinen Arsch pumpst? Das möchte ich spüren", sagte Nilüfer zu dem immer noch benommenen Joe.

„Gib mir ein wenig Zeit", stöhnte er, „mein Kleiner wird dir eine Pause gönnen, verwöhne dich bitte noch ein bisschen."

„Wir gehen erst einmal duschen", lachte Beate, „Kommst du mit?"

„Ich komme gleich, alles ist in Ordnung", lachte Joe und blickte den beiden Frauen nach, die unterschiedlicher nicht sein könnten.

Er muss eingeschlafen sein, als er aufwachte und spürte, wie die beiden Frauen seinen langsam erigierten Penis mit ihren Zungen streichelten. Lachend zeigten sie Joe ihre aufreizenden Pobacken, Beate hatte den Vibrator in ihrem und Nilüfers hatte den Analplug in ihrem. Um es noch weiter anzuheizen, zogen sie ihre Pobacken auseinander, wackelten verführerisch mit ihren Hintern und fickten sich gegenseitig mit den Liebesspielzeugen, die sie herauszogen und wieder hineinschoben. „Ich zuerst", rief Beate, der sich in die Hundestellung begeben hatte, um sie nun ohne Kondom ficken zu können.

Joe richtete sich auf, stellte sich hinter sie, drückte seinen Schwanz in das heiße Fleisch und glitt ganz hinein. Nilüfer nahm die gleiche Position direkt neben ihrer Freundin ein, sodass Joe seinen Penis aus Beate herauszog und ihn in ihren kleinen braunen Hintern drückte, während die Mädchen ihre eigenen Kitzler rieben und streichelten.

Immer wieder fickte er erst den einen, dann den anderen Hintern, begleitet vom Stöhnen und Schreien beider Frauen. Beate kam als Erste, ihr Arschloch verkrampfte sich, sein Kolben rutschte heraus, sie zuckte und machte den Rest, indem sie ihren Kitzler weiter stimulierte.

Nun stieß er in Nilüfers engen Po-Krater vor, zog sie hoch, sodass sie aufrecht vor ihm kniete, und fickte sie tief in Richtung Bauch. Als Nilüfer mit einem Schrei seinen Höhepunkt erreichte, war es auch für ihn Zeit, er pumpte seine kochende Lava, die sein Rohr von innen versengte, tief in ihre Eingeweide.

Sie spürte, wie sein sprudelnder Samen in unzähligen Schüben in sie spritzte, spürte die Hitze, eine unbekannte Glückseligkeit, die sie durchströmte.

Joe schlüpfte mit ihr in die Löffelstellung und pumpte zuckend noch ein paar Ladungen in ihren Hintern, bis sein schlaffer Penis mit einem Klatschen herausglitt.

Es war ihr egal, dass sein Samen aus ihr heraussprudelte, über ihr Gesäß und ihre Schenkel lief und ihn verschüttete, sie war im siebten Himmel in seinen starken Armen.

Sie wusste, dass sie ihn das nächste Mal, wenn sie ihn nicht mit Beate teilen wollte, allein haben wollte.

„Auch wenn ich danach tagelang nicht sitzen kann“, lachte sie vor sich hin.

Auch Beate lag immer noch auf dem Bett, eine Hand auf ihrem Schambereich, die andere Hand auf ihrem missbrauchten Arschloch und schwebte immer noch auf Wolke sieben.

Also schliefen die drei ein, bis Joes Wecker sie am nächsten Morgen alle wach machte.

Sie lächelten einander an. Joe stand auf und ging duschen. Als er zurückkam, waren Beate und Nilüfers bereits gegangen. Er zog sich an und ging zum Frühstück ins Restaurant. Dann musste er zur Arbeit gehen. Beate und Nilüfers standen an der Rezeption und lächelten. Sie verabschiedeten sich mit den Worten „Bis zum nächsten Mal.“ Alle drei grinsten.

HOTELBOY

Während der Semesterferien hatte ich als „Junge" bereits mehrmals in einem Hotel gearbeitet. Je nach Schicht war ich für die Begrüßung der Gäste, das Gepäck, Besorgungen und den Zimmerservice zuständig. Eigentlich war ich ein Alleskönner, aber ich war mit dem Job zufrieden, weil es kaum unangenehme Aufgaben gab.

Eigentlich bevorzuge ich die Tagschicht, komme aber nicht umhin, ab und zu auch der Nachtschicht zugeteilt zu werden. Diesmal auch. Ich kam gerade von der Toilette zurück, als mich meine Kollegin an der Rezeption mit den Worten begrüßte: „Es ist gerade eine Dame angekommen, die einen Mitternachtssnack bestellen wollte. Sie können es dann in ihr Zimmer bringen. Nr. 666." Ich habe nur geantwortet: „Okay, sagen Sie der Küche, sie soll sich melden."

Ich war eigentlich ganz zufrieden mit der Veränderung; Das Herumhängen an der Rezeption ging mir langsam auf die Nerven.

Außerdem hatte ich auf ein dickes Trinkgeld gehofft, da Gäste, die zu spät kamen, oft viel ausließen, wenn sie noch bewirtet wurden.

Ungefähr fünfzehn Minuten später machte ich mich auf den Weg in die Küche und dann mit einem Tablettwagen ins Zimmer.

Der „Mitternachtssnack" füllte das ganze Auto: Eine große Flasche Champagner lag in einem Eiskübel, eine große Mahlzeit wurde in silbernen Schüsseln warm gehalten und es schien, als gäbe es auch ein Dessert.

Ich wollte gerade ein zweites Mal an die Tür klopfen, als ich eine Stimme rief: „Es ist offen! " Komm herein!" Ich fuhr mit dem Auto in das Zimmer, in dem noch kaum Spuren eines Gastes zu sehen waren: Die Koffer waren noch nicht geöffnet und standen neben dem großen Bett, die Speisekarte für diese Woche lag aufgeschlagen neben dem Telefon und auf dem großen Tisch Im Fenster befanden sich eine Handtasche und ein Handy, von dem aus man einen wunderschönen Blick auf den Rhein hatte.

Ich manövrierte den Wagen zum Tisch und wartete einen Moment.

Aus dem Badezimmer hörte ich wieder diese Stimme, die tief, aber warm klang: „Stellen Sie es bitte auf den Tisch, ich bin gleich da." Ich tat, was mir gesagt wurde, und als ich fast fertig war, hatte ich das Gefühl, von hinten beobachtet zu werden. Ich drehte mich um und musste mich zusammenreißen, um meine Gedanken nicht zu zeigen.

Vor mir stand eine umwerfend aussehende schwarze Frau. Sie hatte noch nasse, schwarze, schulterlange Haare, trug einen Seidenbademantel und lächelte mich amüsiert an.

Das Gewand war nicht fest gebunden, sodass die Haut vom Hals abwärts deutlich zu sehen war und die großen Brüste halb sichtbar waren. Unter dem Bademantel waren lange, schlanke Beine zu sehen und der ganze Anblick war einfach umwerfend.

Die schwarze Frau hatte zweifellos meine Blicke bemerkt, zeigte aber nichts anderes, sondern ging zum Tisch und sagte spielerisch: „Na, dann schauen wir mal, was du mir für leckere Sachen mitgebracht hast." Sie ging zum Tisch und hob die Deckel nacheinander hoch, sah mich an und lächelte: „Hmm, das ist ja alles sehr schön, aber ich habe im Moment keinen Hunger!" Sie sah mich bedeutungsvoll an und begann, die Champagnerflasche zu öffnen. Sie schenkte zwei Gläser ein und reichte mir eines. Ich räusperte mich: „Ich darf im Dienst nichts trinken und sollte jetzt eigentlich wieder nach unten gehen." Das war ihr egal, aber sie sagte herausfordernd: „Sie sind dafür da, dass Ihre Gäste hier eine angenehme Zeit haben und zufrieden sind." Die Art, wie sie „zufrieden" aussprach, jagte mir einen Schauer über den Rücken. „Außerdem willst du ein ordentliches Trinkgeld. Also mach mir eine Freude und stoße mit mir an und hilf mir, meinen Weg hierher zu finden."

Ich nahm zögernd das Glas, sie prostete mir zu und lächelte ständig.

Dann ging sie ganz langsam an mir vorbei und der Schwung ihrer Hüfte zeigte so viel Übung, dass ich mich unweigerlich zu ihr umdrehte. Sie setzte sich auf die Bettkante und schlug ihre langen, schlanken Beine übereinander. „Ich habe also erst morgen Zeit, die Stadt zu besichtigen, was könnte ich tun?" Ich wollte ihr gerade von den Sehenswürdigkeiten der Stadt erzählen, als sie mich unterbrach: „Warum stehst du, setz dich, komm zu mir!" Es war keine Bitte, sondern ein Befehl. In ihrer Stimme lag eine schneidende Schärfe, die darauf hindeutete, dass sie es gewohnt war, Befehle zu erteilen, und es stand außer Frage, dass sie befolgt würden.

Ich ging langsam hinüber und setzte mich nervös neben sie. Sobald ich mich hingesetzt hatte, nahm sie mir mein Glas ab, stellte es neben das Bett und schob mich zurück, sodass ich auf dem Rücken lag. Sie lächelte mich an, während sie mit ihren Fingernägeln über meine Brust fuhr. „Nun, bevor Sie mir lange Vorträge über all die langweiligen Dinge halten, die ich tun könnte, sagen Sie mir vielleicht besser, wo ich attraktive junge Männer finden kann, die sich mir bedingungslos unterwerfen."

Als sie das sagte, fuhr sie mit ihrer Hand über meinen Bauch und griff kühn zwischen meine Beine, als sie das letzte Wort sagte. Ich bäumte mich auf und stöhnte, weil sie durch meine Hose sofort meinen steifen Schwanz in der Hand hatte. Sie lächelte nur und massierte weiter meinen Schritt. „Vielleicht ist es besser, wenn du gar nichts sagst." Sie öffnete den Reißverschluss meiner Hose und während sie meinen stahlharten Schwanz durch mein Höschen massierte, schob sie mein Hemd hoch und begann, meine Brustwarzen mit ihrer langen Zunge zu reizen. Während sie fortfuhr, als wäre es das Normalste auf der Welt, drehten sich meine Gedanken. Ich konnte nicht glauben, was mit mir geschah, und noch weniger konnte ich glauben, dass ich mich überhaupt nicht dagegen wehrte. Als sie in meine Brustwarze biss, stöhnte ich und sah ihr ins Gesicht.

Ihr Gesichtsausdruck war eine Mischung aus Aufregung und Bosheit, als ob sie wüsste, wie ich mich fühlte. Einerseits wollte alles in mir dieses Spiel schnell beenden, andererseits wünschte ich mir nichts sehnlicher, als dass sie weitermachte.

Sie schlüpfte zwischen meine Beine, zog meine Hose und mein Höschen aus und ich zog auf ihre Bitte hin ohne zu zögern mein Hemd aus. Sie packte meinen steifen Schwanz, zog mit einem schnellen Ruck die Vorhaut ganz nach hinten und drückte meine Eier fest.

Ich stöhnte laut und war im Himmel, als sie meinen Schwanz tief in ihren Mund nahm und anfing, meinen Schwanz hart zu lutschen. Ich stöhnte immer lauter, egal ob sie meinen Schwanz ganz in den Mund nahm oder ob sie meine Eier fest zusammendrückte und schnell nach unten zog. Mein ganzer Körper schien eine einzige Erektion zu sein, völlig abhängig von ihrer Berührung.

Ich dachte nicht, dass sie mich noch mehr erregen könnte, aber als ich spürte, wie ihr Finger meine Rosette berührte , wusste ich, dass ich falsch lag. Sie steckte natürlich ihren Finger in meinen Arsch und genoss offensichtlich die Art und Weise, wie ich auf diese Erregung reagierte. Ich stöhnte: „Oh Gott, ja, mach weiter!"

Obwohl sie nicht antwortete, fing sie immer wieder an, mir zwei Finger in den Arsch zu stecken. Ich stöhnte, wand mich und wünschte mir nichts mehr, als dass sie nie wieder aufhörte. Sobald ich diesen Gedanken in meiner aufgeregten Trance dachte, blieb sie stehen und setzte sich auf meine Brust. Ich öffnete meine Augen und sah sie lustvoll lächeln: „Nun, Süße, dir scheint meine Behandlung zu gefallen. Wie wäre es, wenn du den Gefallen jetzt erwiderst!" Mit diesen Worten, die wiederum kein Vorschlag, sondern ein Befehl waren, öffnete sie ihren Bademantel.

Zuerst sah ich nur ihre heißen großen Titten, aber was ich sah, ließ mir das Blut in den Adern gefrieren. Ein riesiger schwarzer steifer Schwanz erhob sich zwischen ihren Beinen. Ich konnte nicht einmal darüber nachdenken, was passieren würde, weil sie meinen Kopf nach hinten drückte und ihren Schwanz in meinen Mund drückte. Ich wollte mich wehren, aber meine Hände wurden von ihren Schenkeln eingeklemmt. Für einen

Moment konnte ich dem Druck auf meinem Mund standhalten, aber bald darauf war ich nicht mehr in der Lage, etwas anderes zu tun, als diesen Monsterschwanz in meinen Mund zu lassen.

Sie stöhnte: „Ja, darauf hast du die ganze Zeit gewartet, du kleine Schlampe!" Sie merkte nicht im Geringsten, dass ich die ganze Zeit nicht bemerkt hatte, dass sie mit einem Schwanz statt einer Muschi ausgestattet war. Sie drückte meinen Kopf immer wieder zwischen ihre Beine, sodass ihr fetter Schwanz fast vollständig in meinem Mund verschwand. Wir stöhnten beide, wenn auch aus unterschiedlichen Gründen. Sie, weil es ihr offensichtlich Spaß machte, meinen Mund mit ihrem riesigen Schwanz zu ficken – ich, weil ich immer noch nicht glauben konnte, dass ich einen Schwanz lutschte.

Trotz meiner anfänglichen Zurückhaltung fing ich an, es zu genießen und wünschte mir praktisch nichts mehr, als dass sie mir ihren fetten schwarzen Schwanz immer wieder hart in den Mund schob.

Sie tat es tatsächlich eine ganze Weile und während ihr Schwanz ganz in meinem Mund war, fragte sie: „Mein Schatz, ich merke, dass es dir langsam gefällt. Wenn ich jetzt von dir absteige, um dir das zu geben, was du schon immer erleben wolltest, unterwirfst du dich dann meinen Befehlen oder muss ich dich zuerst fesseln ?" Ich stöhnte nur als Antwort und nickte. Als sie von mir abstieg, ahnte ich, was unweigerlich folgen würde, aber ich konnte ihrem befehlenden Ton nicht widerstehen. „Komm, geh auf alle Viere und zeig mir deinen heißen Knackarsch!" Ich tat, was ihr gesagt wurde, und als sie sich hinter mich kniete und meine Arschbacken auseinanderzog, bettelte ich: „Bitte sei vorsichtig mit deinem riesigen Schwanz!"

Doch sie achtete nicht auf meine Bitten und schob mir stattdessen ihren riesigen, fetten Schwanz in den Arsch. Für einen Moment sah ich nur Sterne, brach auf dem Bett zusammen und schrie laut. Aber sie schien in ihrem Element zu sein. Sie schob ihren fetten Schwanz GANZ GANZ in meinen Arsch und stöhnte: „Ja, du kleine Analhure, das gefällt dir!" Darauf haben Sie gerade gewartet!" Ich stöhnte, schrie, flehte, bettelte, aber immer wieder fraß sich ihr Monsterschwanz in meinen Arsch und dehnte ihn endlos.

Es war eine unglaublich intensive Mischung aus Schmerz und Vergnügen. Sie fing an, ihren

Schwanz immer wieder mit harten Stößen bis zum Anschlag in meinen Arsch zu schieben, sodass ihre dicken Eier immer wieder gegen meinen Hintern klatschten. Ich stöhnte und schrie, aber sie schien nicht aufhören zu wollen. Als sie anfing, meinen Schwanz zu wichsen, war ich erledigt. Ich stöhnte: „Ja, fick mich!" Gib es mir! Fick mich härter! Ja, tiefer!"
Sie schien diesen Aufforderungen gerne Folge zu leisten und fickte mich wild, während sie weiterhin meinen Schwanz wichste. Mit einem lauten Schrei kam es zu einer regelrechten Explosion. Ich keuchte und war völlig erschöpft, als sie plötzlich aufhörte, mich hart zu ficken, und mich auf den Rücken warf.
Sie setzte sich auf mich, fing an, ihren Schwanz zu wichsen und stöhnte: „Yessss, jetzt bekommst du dein wohlverdientes Trinkgeld, du kleine Fickschlampe!" Ich schloss meine Augen und hörte sie immer lauter stöhnen. Plötzlich schrie sie und heiße Strahlen ihres Spermas spritzten mir ins Gesicht. Immer wieder traf mich ein Strahl und bei jedem einzelnen stöhnte ich. Schließlich steckte sie ihren Schwanz in meinen mit Sperma bedeckten Mund und keuchte: „Leck ihn sauber, du geiles Stück!" Ich lutschte genüsslich an ihrem Schwanz und genoss den

bitteren, salzigen Geschmack ihres Spermas in meinem Rachen.

Völlig erschöpft ließ sie sich neben mich fallen und sagte lächelnd:

„Wenn Sie mit dieser Zahlungsweise einverstanden sind, werde ich morgen Frühstück, Mittag- und Abendessen auf dem Zimmer einnehmen!"

Ich lächelte zurück und sagte: „Ich wurde noch nie so reich belohnt!" Außerdem habe ich morgen tatsächlich Dienst!"

Sie streichelte liebevoll meine Wange und hauchte: „Super, dann ist das ja geklärt!" Ich gehe jetzt unter die Dusche. Bleib dort, wenn du willst, aber ich möchte alleine schlafen !"

Ich lag noch ein paar Minuten träumend auf dem Bett, bevor ich mich anzog und leise das Zimmer verließ. Jeder, der mich in diesem Moment von hinten gesehen hätte, hätte keine Ahnung, warum ich meine Füße schleppte, aber ich genoss jeden Schmerz in meinem Arsch, weil er mich an den riesigen Schwanz meiner Herrin erinnerte

Über die Autorin

Maria Valleetsy ist eine renommierte Autorin im Bereich der erotischen Literatur, insbesondere im BDSM-Genre. Mit ihrem Hintergrund als Sexualtherapeutin kombiniert sie ihr fundiertes Wissen über die menschliche Sexualität mit ihrer Leidenschaft für das Schreiben, um fesselnde und einfühlsame Geschichten zu erschaffen.

Ihre Werke zeichnen sich durch Tiefe, sorgfältig ausgearbeitete Charaktere und eine ansprechende Darstellung der BDSM-Welt aus.

Als Autorin versucht sie, nicht nur die physischen, sondern auch die emotionalen und psychologischen Dimensionen von Beziehungen und Intimität zu erforschen.

Mit ihren Büchern inspiriert Maria Valleetsy ihre Leser, ihre eigenen sexuellen Wünsche und Grenzen zu erforschen und zu verstehen.